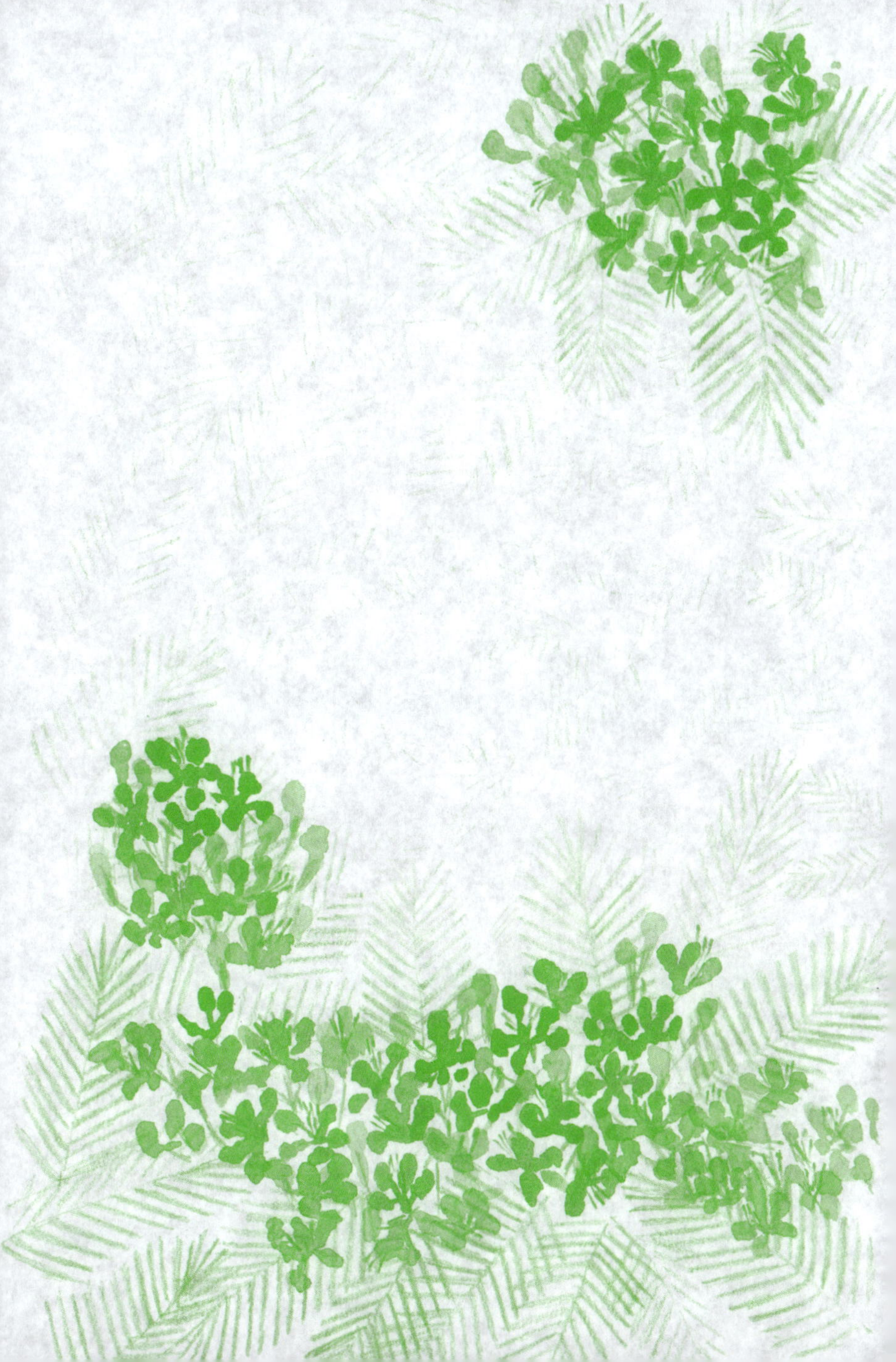

お母さんの生まれた国

茂木ちあき 作
君野可代子 絵

新日本出版社

目次

カンボジア

1　はじめての海外旅行

肩《かた》をトントンされて、未来《みく》は、うっすらと目を開けた。

見なれない服装《ふくそう》をした女の人が、なにかをさし出して、話しかけてくる。

「フィッシュ、オア、ミートゥ」

とっさに答える。

「ジャパニーズ」

となりにすわっていたおにいちゃんが、くすっと笑った。

「魚料理か肉料理か、って聞いてるんだよ。機内食、どっちがいい？」

「お肉」

「ミート、ツー、プリーズ」

未来《みく》は、成田《なりた》空港発、ホーチミン行きの飛行機に乗っていた。

中学生のおにいちゃんとお母さんといっしょに、お母さんの生まれた国、カンボジアに行くところだ。日本からカンボジアへの直行便はなく、ベトナムのホーチミン空港で一度降《お》りて、乗り換《か》えなければならない。


未来はうとうとしながら思い出していた。

五年生になってまもなくの、社会の時間だった。

アジアの国々の勉強をしていた。

「インドシナ半島にある国は、ベトナム、カンボジア、タイ……」

今年から担任《たんにん》になった市川《いちかわ》先生が、黒板にアジアの地図を広げて話している。まだ若《わか》くて、ちょっとイケメンだ。

「ベトナムは昔、大きな戦争《せんそう》があってね、たくさんの人が犠牲《ぎせい》になったんだ」

「広島《ひろしま》に原爆《げんばく》が落ちたとき？」

だれかが質問《しつもん》している。

「広島《ひろしま》と長崎《ながさき》に原爆《げんばく》が落とされたのはアジア太平洋戦争《せんそう》だね。いまから七十年くらい前だから、きみたちのおじいちゃん、おばあちゃんが小さかったころだ。ベトナム戦争は四十年ほど前、お父さんやお母さんが小さかったころかな。戦争が終わっても政治《せいじ》の混乱《こんらん》がつづいて、大量の難民《なんみん》が出たんだ。日本にも、ベトナムやとなりのカンボジアから、たくさんの難民が来ているんだよ」

お調子者の良介《りょうすけ》が、大声でいった。

「未来《みく》の母ちゃん、カンボジアだよ」

みんなの視線《しせん》が、いっせいに未来に集まった。

未来は、思わず赤くなってうつむいた。

「へー、そうなんだ」

「じゃあ、難民？」

わざとらしくいう男子の声が聞こえた。

「でも、そしたらハーフだね」

「いいなー」

女子の何人かが、目くばせしながらいった。

「なにがいいなーよ。前から知ってたくせに」

なかよしの由香《ゆか》ちゃんがかばってくれたが、未来《みく》はいたたまれなかった。

未来のお母さんはカンボジア人だ。

子どものころ、カンボジアで戦争《せんそう》があり、家も家族も失った。たった一人生き残ったトーンにいさんと二人で、となりの国、タイの難民《なんみん》キャンプに避難《ひなん》していたところを、日本から来ていた支援団体《しえんだんたい》の人に助けられて、日本にきたのだそうだ。

日本で学校に行き、大人になって、支援してくれたNGO《エヌジーオー》で働いていたお父さんと、結婚《けっこん》した。

トーンにいさんもそのまま日本で暮《く》らし、今は東京の下町で、小さなカンボジア料理の店をやっている。カンボジア出身の人や、カンボジアのことを勉強している大学生などが集まる、家族的なふんいきの店だ。

お母さんがカンボジア生まれということは、もちろん知っていた。だけど、子どものころ日本に来て、それからずっと日本で暮らしている。未来が生まれるより、はるか昔の話だ。

ふだんは日本語しか使わないし、家も団地《だんち》だから、ほかの家と同じだ。食べるものも着るものも、友だちのお母さんたちと変わらない。自分がハーフだなんて、とくに気にしたこともなかった。

先生は、ちょっと困《こま》ったように未来《みく》にむかっていった。

「じゃあ、カンボジアのこと、いろいろ知ってるのかな」

カンボジアのことなんてなにも知らない。お母さんの子どものころのことも、トーンおじさん以外の親戚《しんせき》のことも、未来はほとんど聞いたことがない。

お母さんは、どんなところでどうやって育ったのだろう。戦争《せんそう》に巻《ま》き込《こ》まれたあと、どうやって難民《なんみん》キャンプに行って、どうやって日本まで来たのだろう。

なにも知らないということにはじめて気づいて、お母さんに申《もう》し訳《わけ》ないような気持ちでいっぱいになった。

うつむいてしまった未来を見て、先生はあわてていいたした。

「いや、ごめん、ごめん。いいんだよ、お母さんがどこの国の人でも。最近はめずらしいことじゃないからね。でも、カンボジアのこと詳《くわ》しいんだったら、いろいろ教えてもらおうと思ってさ」

お母さんの出身を、はずかしいと思ったわけではない。

それなのに、どうして先生は、あやまるようないい方をするんだろう。

みんなの興味津々《きょうみしんしん》の視線《しせん》もいたかった。

だから数日後、おじさんが、

「今年の夏休みは、みんなでカンボジアに行かないか」

といったとき、二つ返事で「行く!」といったのだ。

先生から、おわびと相談の電話があったことなど、知らなかった。

でもお母さんは、日本で暮《く》らすようになってから三十年以上、自分の生まれた国に帰ったことがない。

「帰っても、会いたい人はみんな死んでしまったし、行きたいところもないわ」

そういって、なかなか取り合わなかった。

おじさんは、何度もくりかえし、お母さんを説得した。

「思い出したくない気持ちはわかるけど、子どもたちも、あのころのぼくたちと同じくらいの年齢《ねんれい》になったんだ。ちゃんと振《ふ》り返って、向き合ってみるのも悪くないんじゃないか。和哉《かずや》くんだって賛成《さんせい》してるんだよ」

和哉くんというのは、未来《みく》のお父さんのことだ。

お父さんは、今も国際《こくさい》ボランティアの団体《だんたい》で働いている。アジアの国々を回って仕事をしているので、日本にはめったにいない。今年の春からは、タイで、学校を作るプロジェクトのリーダーになっていた。

お父さんが日本にいないときは、一人暮《ひとりぐ》らしのトーンおじさんが、用心棒《ようじんぼう》のように、うちに泊《と》まり込《こ》んでいる。

その日の夜、お母さんは、電話で長いことお父さんと話していた。そして、気持ちを決めたようだ。

翌朝《よくあさ》、食事のときにいったのだ。

「みんなで行きましょう、カンボジア。あなたたちに伝えなきゃいけないことがたくさんあるの。お父さんも夏休みをとって、現地《げんち》で合流してくれることになったわ」

それなのに、お父さんは昨日になって急に、来られなくなったと電話があった。

「ちょっとトラブルがあってね。ぬけられないんだよ。今回の旅行は、家族みんなにとってとても大事な旅行だから、どうしてもいっしょに行きたかったんだけどねぇ。ほんとに残念だよ。おじさんにもよくお願いしておいたから、お母さんのこと、よろしく頼《たの》むよ」

お父さんは、未来《みく》とおにいちゃんに、かわるがわる話しかけた。そして、

「お母さんが子どものころ、どんな暮《く》らしをしてきたのか、しっかり見てくるんだよ」

と、いった。

はじめての海外旅行。はじめての、お母さんのふるさとだ。

未来はうきうきしていた。

お母さんの戸惑《とまど》いや、心の奥《おく》にしまい込《こ》んだ悲しみには、まったく気づいてあげられなかった。

成田《なりた》空港につくと、メンバーはすでに集まっていた。おじさんの知り合いが何人か、い

っしょに行くことになっていた。

「子どももいるよ」と、おじさんはいったけれど、子どもは未来《みく》とおにいちゃんのほかには、女の子が一人だけだった。未来より上級生のようだ。背《せ》も高くて、ロングヘアーが大人っぽい。

案内役のトーンおじさんが、声をかけた。

「これから六日間、いっしょに旅行する仲間です。初対面の人もいますので、簡単《かんたん》に自己《じこ》紹介《しょうかい》しましょう」

トーンおじさんのつぎに、お母さんとおにいちゃんが自己紹介をした。

つぎは未来の番だ。

「早坂《はやさか》未来です。五年生です」

未来は緊張《きんちょう》してしどろもどろになってしまい、それだけいうと、ぺこんと頭を下げた。

もう一人の女の子は、

「六年生の宮沢麻衣《みやざわまい》です。お母さんがカンボジア出身です。初めての海外旅行なので緊張していますす。よろしくお願いします」

やっぱり上級生だ。しかも、とてもしっかりしている。

麻衣《まい》ちゃんのお母さんも、未来《みく》のお母さんやトーンおじさんと同じように、子どものころ、戦争《せんそう》で家族を亡《な》くした。一人きりでストリートチルドレンになっていたところを、国連のスタッフとしてカンボジアに来ていた日本人に、助けられたのだそうだ。

麻衣ちゃんのお父さんは日本人で、トーンおじさんのお店の常連《じょうれん》さんだ。

「麻衣に、母親が生まれた国を一度は見せておかないと、と思って、トーンさんに相談したんです。そしたらトーンさんも、子どもたちをカンボジアに連れていこうと思っている、というので、ごいっしょさせてもらうことにしました。わたしも、仕事で海外に行くことはありますが、カンボジアははじめてです」

トーンおじさんの助手として、アイパッドを抱《かか》えて確認《かくにん》や下調べをしているのは、大学生のシナットさん。カンボジアからの留学生《りゅうがくせい》で、おじさんの店でアルバイトをしている。

これで、みんなで八人だ。

麻衣ちゃんが、さっそく話しかけてくれた。

「未来ちゃん、だっけ。よろしくね。仲よくしよう」

A
B
C

「うん、ありがとう」

未来《みく》は、やっと少し、ほっとした。お母さんがカンボジア出身、という子どもにあったのは、おにいちゃん以外では、はじめてだ。

カンボジアへ行くには、ベトナムのホーチミン空港やハノイ空港、中国の上海《シャンハイ》空港などでいったん着陸して、飛行機を乗り換《か》える。未来たちは日程《にってい》の都合で、ホーチミン経由《けいゆ》の便になっていた。

成田《なりた》からホーチミンまでは、ベトナム航空の飛行機だ。

客室乗務員《じょうむいん》の女性《じょせい》たちは、ゆったりした純白《じゅんぱく》のパンツに、ふくらはぎまですっぽりとおおう、丈《たけ》の長いえんじ色の上着を着ていた。上着の両脇《りょうわき》には深いスリットが入っている。歩くたびに、えんじのすそがひらひらとひるがえり、白いパンツとのコントラストが美しい。

「きれいだね」

未来が耳打ちすると、お母さんがいった。

「アオザイね。ベトナムの民族衣装《いしょう》よ」

背筋《せすじ》をしゃんと伸《の》ばして、優雅《ゆうが》におじぎをする姿《すがた》に、未来《みく》はうっとりした。

肉料理の機内食は、デザートのミニケーキまでついて、思った以上においしかった。それを完食したら、また、うとうとだ。

飛行機の中ではカンボジアのことを調べようと思っていたのに、ガイドブックはおにいちゃんが抱《かか》えたまま、未来には、さわらせてもくれない。

「どうせおまえはパラパラと写真を見るだけで、すぐあきるんだろう」

くやしいけど、当たってる。

六時間くらい乗って、ベトナム南部の都市、ホーチミンに到着《とうちゃく》した。

ホーチミン空港で飛行機を降《お》りると、空港の電光掲示板《けいじばん》に、アジアの主な都市の、現在《げんざい》時刻《じこく》が表示《ひょうじ》されていた。

東京は十五時三十分、ホーチミンは十三時三十分だ。

「ここは日本と二時間の時差があります。カンボジアとベトナムは時差がありませんので、ここで時計の針《はり》を二時間もどしてください」

トーンおじさんが、みんなにいった。

乗り換《か》え便の出発までには、まだだいぶ時間がある。

「自由時間にしますが、空港の外には出られませんよ。ベトナムのビザはとっていませんから、勝手に出たら不法入国になってしまいますからね。このビルの中におみやげ屋さんやレストランがいろいろありますから、ぐるりと見学して、お茶でも飲みましょう」

おじさんの言葉に、みんな、いそいそと動き出した。

空港から出られなくても、はじめて降《お》り立った外国だ。

未来《みく》は、はじめての外国の町並《まちな》みを見たかった。

町が見わたせる場所を探《さが》して、エスカレーターを乗り継《つ》ぐと、乗客が上がれるのは三階までだった。国際《こくさい》空港といっても、大規模《だいきぼ》なショッピングモールなみにお店やレストランが並《なら》ぶ成田《なりた》空港とは、比《くら》べ物にならないほどこぢんまりしている。

それでも、空港ビルの三階ロビーからは、じゅうぶん、町の景色が見わたせた。

滑走路《かっそうろ》の向こうに、明るいレンガ色の建物が並んでいる。

窓《まど》はアーチ形で、水色やクリーム色など、淡《あわ》い色あいの窓枠《まどわく》がかわいらしい。写真やテレビでよく見る、混雑《こんざつ》したアジアの町の様子とは、だいぶ印象が違《ちが》った。

「ベトナムは昔、フランスの植民地だった時代もあるんだ。その影響《えいきょう》だろうね。建物や街並《まちな》みがどことなくヨーロッパ風で、しゃれているよ」

トーンおじさんがいった。

「それよりフォー食べに行こうよ。ベトナムといえば、絶対《ぜったい》、フォーだ」

おにいちゃんは、成田《なりた》を発《た》つ前からそういっていた。でも未来《みく》は、生春巻《なまはるま》きが食べたかった。

「どっちも食べられるわよ」

お母さんが、フフッと笑った。

フォーは米の粉でできた麺《めん》料理で、見た目はラーメンのようだ。あっさりした塩味のスープはおいしかったが、薬味にのっていた野菜はきつい香《かお》りで、食べたことのない味だった。生春巻きにも同じ野菜が入っている。

「これ、パクチーってやつ？」

おじさんがうなずくと、おにいちゃんは迷《まよ》わず口に入れて、

「案外いけるよ」

といった。

でも、未来《みく》はやっぱりなじめない。

指でつまみだして、よけて食べた。

2 カンボジアへ

乗り換《か》えた飛行機は、カンボジア航空。

こんどの乗務員《じょうむいん》さんは、うすむらさき色の上着に、濃《こ》い赤むらさきの長めのタイトスカートだ。つやつやした光沢《こうたく》のある布地《ぬのじ》が、美しい。

「カンボジアシルクよ。世界に誇《ほこ》るカンボジアの伝統《でんとう》工芸なの」

お母さんが、うれしそうにささやいた。

胸《むね》の前で両手を合わせてお辞儀《じぎ》をする姿《すがた》は、日本のお坊《ぼう》さんの作法ににている。

「カンボジアは国民の九割《わり》が仏教徒《ぶっきょうと》だからね。日本の風習に通ずるところも多いんだ」

こんどはおじさんがいった。

ホーチミンをとびたって一時間ほど。

高度が下がって、雲の切れ間から地上の景色が見えてきた。

延々《えんえん》とつづく田園地帯だ。

からっとした南国の風景をイメージしていたのに、何となくどんよりして、ほこりっぽい。くすんだ色合いが広がっている。

「……アライヴ、……シェムリアップ・エアポート……。シートベルト……」

カンボジアシルクの客室乗《じょう》務《む》員《いん》が、テレビモニターを示《しめ》しながら何か話している。

「イッツ、サーティーフォー、ナウ……」

ことばは英語とカンボジア語だ。ベトナム航空は、成田《なりた》発だったので日本語の案内もあったが、カンボジア航空に乗り換《か》えてからは、日本語の案内はない。聞いたことのある英単語をひろい集め、あとはモニターに表示《ひょうじ》された数字や地図を見て、話の内容《ないよう》を想像《そうぞう》するだけだ。

外国に来た、という感じがぐっと高まって、未来《みく》はまた、緊張《きんちょう》してきた。

「三十四度、夕方の五時なのに！」

おにいちゃんが「ウヘー」、と口を曲げた。

シェムリアップは、カンボジア北部の都市。首都のプノンペンには及ばないが、国内五大都市にあげられる大きな町だ。

世界遺産《いさん》のアンコール・ワットが有名で、アジアでも有数の観光都市になっている。

アンコール・ワットは十二世紀の初めごろ、この辺り一帯を支配《しはい》していたクメール王朝が建設《けんせつ》した宮殿《きゅうでん》だ。クメール語でアンコールは「王の都」、ワットは「お寺」という意味。当時は〝すべての道はアンコールに通ず〟といわれたほど、商業や政治《せいじ》、文化の中心地だった。

「十二世紀って、日本だといつぐらいかな」

未来《みく》が「しまった」と思ったときは、あとのまつりだった。

歴史好きのおにいちゃんが、ここぞとばかりに話しはじめた。

「日本では、十二世紀の終わりごろ鎌倉幕府《かまくらばくふ》ができたんだ。だから、十二世紀は、貴族《きぞく》の時代から武家《ぶけ》社会に移《うつ》っていくころだな。源氏《げんじ》と平家《へいけ》が戦《たたか》っていたころだよ」

おにいちゃんは事前学習もかなりしっかりしている。これで夏休みの自由研究は「ばっちり！」っていっていたのだ。

「源氏って、義経《よしつね》とか？」

「そうさ。源《みなもとの》義経とか、平清盛《たいらのきよもり》が戦《いくさ》をくり返していたころ、ここでは巨大《きょだい》な古代都市が栄えていた、ってことだな」

シートベルトをしっかりとしめて、未来《みく》は窓《まど》の外に目をやった。

一面の平地に、土色の水たまりが広がっている。

「水浸《みずびた》しだよ。洪水《こうずい》みたい」

未来がつぶやくと、おにいちゃんが身を乗り出してきて、窓の外を見た。

「大きな湖があるってガイドブックには書いてあるけど、でも、田んぼも水につかってる感じだね」

うしろの席からトーンおじさんが声をかけた。

「今は雨季《うき》だからね。スコールのあとは田んぼも畑も、みんな湿地帯《しっちたい》のようになってしまうんだよ」

「ふーん、それじゃあ、収穫量《しゅうかくりょう》も上がらないなあ」

おにいちゃんはわかったふうなことをいって、うん、うんとうなずいた。

シェムリアップ空港に降《お》り立つと、もわっとした湿《しめ》った空気があたりを包んだ。エアコンの室外機の前にいるようで、息苦しいほどだ。

肌《はだ》にまとわりつくようなじめじめした感じは、日本の梅雨《つゆ》とにている。でも、日本の梅雨より、もっと気温が高い。

空港ビルの拡張《かくちょう》工事をしている人たちは、雨に打たれたのかと思うほど、シャツを汗《あせ》でぬらしていた。

おんぼろの小型バスに乗り込《こ》んで、ホテルに向かう。

こんなおんぼろでも、カンボジアの旅行会社に登録している、正式な観光バスだそうだ。

「小さいけど、わたしたちの貸《か》し切りですからね。ぜいたくでしょ」

トーンおじさんが笑った。

幅《はば》の広い舗装《ほそう》道路がまっすぐにつづいている。だけど、なぜかガタガタと、よくゆれる。

「舗装道路といっても、日本の舗装ほどちゃんとしていないんですね。急ごしらえの道だし、車も古いからね」

おじさんが説明すると、

「これは、ニッポンの車ね」

バスの運転手さんが、日本語でいった。

日本の自動車会社のロゴが、ところどころ色がはげたまま、塗《ぬ》り替《か》えもせずにそのままついている。日本では廃車寸前《はいしやすんぜん》の車を、安く買い上げて、現役《げんえき》で走らせているのだという。

「カーエアコンがついてるから、これでもいい方ですよ。みなさん、荷物が飛び出さないよう、気をつけて」

おじさんは立ち上がって、うしろを向いてみんなに話しかけた。だけど、そのときバスが大きくゆれて、おじさんは網棚《あみだな》の角に、おもいっきり頭をぶつけた。

「いたっ！　ほらね、こんな具合です」

未来《みく》はぷっと吹《ふ》き出した。

暑い国なのに、エアコンのついた車は少ないという。そもそも、車の数が少ない。それに代わって、大通りをわがもの顔で突《つ》っ走っているのは、バイクとトゥクトゥクだ。

トゥクトゥクは、バイクの後ろに座席《ざせき》をつけて、人を乗せて走る乗り物だ。はじめから

数人分の座席がついたオート三輪型のトゥクトゥクもあるが、多くはバイクとリヤカーをつないだような簡素《かんそ》な造《つく》りになっている。普通《ふつう》の大きさのバイクが、後ろの座席に三人も四人も乗せて、突っ走っている。

重量制限《せいげん》などないのだろう。ブオンブオン、ババババと、豪快《ごうかい》な排気音《はいきおん》をあげて走るさまは痛々《いたいた》しいほどだが、乗客も運転手もみんな陽気で、表情《ひょうじょう》は明るい。

あちこちに、建設中《けんせつちゅう》の家やビルがある。そのせいか、あるいは車やトゥクトゥクの排《はい》気《き》ガスのせいか、町中がなんとなくほこりっぽい。

お母さんはさっきからずっとだまったまま、窓《まど》の外を見つめている。

お母さんにとっては、複雑《ふくざつ》な気持ちをかかえた旅だ。わが子たちに自分の生《お》い立《た》ちを知らせ、子どものころの出来事を、はじめてきちんと伝える旅になるのだ。

――「お母さんとトーンおじさんの子どものころがどんなだったか、しっかり見て、聞いてくるんだよ」

お父さんは、電話で何度もそういった。

「なつかしい?」

未来《みく》が声をかけると、おにいちゃんが未来の肩《かた》をつついた。

「よけいなこといわないの。お母さんは、いろんな思いがいっぱいあるんだから」

「いいわよ。でも、ずっと昔のことだから、よくおぼえてないの。子どもだったしね。まるで様子が違《ちが》うし、初めての町に来ているみたいよ」

お母さんは首都プノンペンの生まれだ。戦争《せんそう》で家を追われて、シェムリアップ近郊《きんこう》の村に住んだことがあると、いっていた。

運転手さんがしきりに何か話しかけてくる。でも、未来にはさっぱりわからない言葉だ。

「この通りは、シェムリアップを南北につらぬく、シェボタ通りです。内戦のあとで、道《みち》幅《はば》を広くして整備《せいび》された道です。ホテルや銀行などが並《なら》ぶ町のメインストリートですが、一本道で交差点がないので、信号はこの町にひとつしかありません。でも、地元の人は農道のような細い横道からいきなり合流してくるので、怖《こわ》いです。事故《じこ》がないのが不思議なくらいですよ、……っていってます」

トーンおじさんが通訳《つうやく》した。

二十分ほどでホテルに到着《とうちゃく》。

ホテルは町のほこりっぽさとはうって変わって、近代的で豪華《ごうか》な内装《ないそう》だ。外国人観光客向けに、数年前にできたホテルだそうだ。世界的な観光都市だということを、思い出させてくれる。

広いロビーの一角に、みやげ物や日用品をおいたショップがある。看板《かんばん》には見なれたロゴマークがついていた。日本の大手スーパーが、出店しているのだそうだ。

夕飯のあと、おじさんの部屋にみんなが集まった。明日の見学コースの確認《かくにん》だ。

シナットさんは、パソコン持参できている。

おにいちゃんもやる気満々で、ノートを持ってきていた。

はじめにトーンおじさんがいった。

「四十年ほど前、カンボジアでは激《はげ》しい内戦《ないせん》がありました。恐《おそ》ろしく厳《きび》しい軍事政権《せいけん》ができて、反対派《はんたいは》の人たちをつぎつぎと殺していくという、恐怖政治《きょうふせいじ》が行われました。わたしも未来《みく》たちの母親も、宮沢《みやざわ》さんのお母さんも、子どものころ、その渦《うず》に巻《ま》き込《こ》まれました。今回の旅行は、その体験を子どもたちに話して、知ってもらうという目的もあります」

聞いてはいたけど、改めてそういわれると、また不安になる。

お母さんは子どものころ、この内戦《ないせん》で両親やきょうだいを亡《な》くし、おじさんと二人きりになって、日本にきた。

でも、子どもだけでどうやって日本まで来たのか、他《ほか》の親戚《しんせき》の人たちはどうしているのか、詳《くわ》しいことは、きちんと聞いたことがない。

おじさんはつづけた。

「はじめは、となりの国ベトナムと、アメリカが戦争《せんそう》していたんです。アメリカは小さなベトナムに大量の軍備《ぐんび》を投入し、空爆《くうばく》をくり返しました。そのうち、近隣《きんりん》の国にまで軍隊を送りこんで、攻撃《こうげき》するようになったのです」

ベトナムは、さっき飛行機を乗り換《か》えた、ホーチミン空港のある国だ。

戦争は何年もつづいたが、遠く離《はな》れたアメリカは一般《いっぱん》の国民への被害《ひがい》は少なく、実際《じっさい》に戦場となって多くの犠牲《ぎせい》を強《し》いられたのは、ベトナムとカンボジアだった。

「国が戦争していると、国内でも、いろいろな勢力《せいりょく》が対立して、争いをはじめます。アメリカ軍は大敗して、ベトナムからもカンボジアからも出ていきましたが、こんどは、国内の勢力争いが激《はげ》しくなり、内戦状態《じょうたい》になっていきました。とくに、ポルポト将軍《しょうぐん》がカンボジアの首相《しゅしょう》になってからは、ポルポト軍が武力《ぶりょく》で国を支配《しはい》する、恐《おそ》ろしい軍事政権《せいけん》がはじまったのです。ポルポト政権は三年八か月ほどつづきましたが、この間に、二百万とも三百万ともいわれる国民が、殺されたり餓死《がし》したりしました。カンボジアの歴史を血でぬりかえる、悲惨《ひさん》な時代だったんです」

未来《みく》は、となりに座《すわ》っているお母さんの腕《うで》に、手をからめた。

いつもはあまり戦争《せんそう》の話をしないお母さんが、つらいことを思い出してしまって大丈夫《だいじょうぶ》だろうかと、気になった。

「こうした大量虐殺《ぎゃくさつ》を、ジェノサイドといいます。世界の歴史の中でも、ヒットラーのユダヤ人虐殺など、何度か起きています。わたしも、ここにいる二人の母親たちも、その時代の渦《うず》に巻《ま》き込《こ》まれ、かろうじて生き延《の》びました。その人たちの話をきいて、明日からの見学に生かしてほしいと思います」

それからおじさんは、お母さんにむかっていった。

「では、今夜は早坂《はやさか》マオランさん。つらい話になると思いますが、よろしくお願いします」

未来《みく》は一瞬《いっしゅん》、耳を疑《うたが》った。おにいちゃんもそうだったらしく、二人は顔を見合わせた。

早坂マオランは、お母さんだ。

お母さんは未来の手をほどいて、トントン、と二度たたいた。

「だいじょうぶよ」といっているようだった。

未来にいったのか、自分の気持ちを落ち着かせようとしたのか、ほんとうのところはわからなかったけれど。

「トーンの妹のマオランです。子どもたちにも、当時の話を詳《くわ》しくしたことはありませんが、この機会に話しておこうと思います。親子だけで話すより、みなさんがいっしょにいてくれた方が、子どもたちも冷静に受け止めてくれるのではないかとトーンにもいわれ、決心しました」

お母さんの長い話がはじまった。

3 ジェノサイドからの生還《せいかん》

わたしは九歳《さい》。小学校三年生でした。

両親と子ども五人の七人家族で、首都プノンペンに暮《く》らしていました。

末っ子のわたしは、一番下の兄のトーンととくになかよしで、いつもいっしょに遊んでいました。

一九七五年、四月のことです。

アメリカとの戦争《せんそう》が終わり、わたしたちは数年ぶりに晴れ晴れした気持ちになっていました。

わたしは窓《まど》を開け放ち、大きく深呼吸《しんこきゅう》しました。

その時です。とつぜん、乱暴《らんぼう》にドアが開いて、上着もズボンも真っ黒な服を着た兵士たちが入ってきました。

首には真《ま》っ赤《か》なスカーフを巻《ま》き、手には銃《じゅう》を抱《かか》えています。

彼《かれ》らはわたしたちに銃口《じゅうこう》を向けて、いいました。

「アメリカ軍による大規模《だいきぼ》な最終攻撃《こうげき》が予想される。すべてのプノンペン市民は、三日の間、市外に退去《たいきょ》するように」

それが、わたしがポルポト軍を見た最初でした。

まもなく、銃を抱えた兵士が、大挙《たいきょ》して町にやってきました。兵士たちは手分けして家々を回り、住民に、一人残らず家を出るよう、追い立てました。

どこへ行けばいいのか、学校や仕事はどうなるのかなど、細かいことは何もいいません。だれかが尋《たず》ねれば銃を向け、とにかく「町を出るんだ」、「一刻《いっこく》も早く」をくり返すばかりでした。

当時のプノンペンは、インドシナ半島でも有数の大都会でした。百万人をこえる市民が、数枚《すうまい》の着がえと身の回りにあった食料だけを持って、つぎつぎと家を出たのです。お年寄《としよ》りも病人も、おなかに赤ちゃんがいるお母さんも、ほんとうに一人のこらずでした。

兵士たちはすべての家を回って、かくれている人がいないか、探《さが》し回りました。どうしても行かないといい張《は》った人は、その場で撃《う》ち殺《ころ》されました。

とつぜん銃声《じゅうせい》が響《ひび》き、火がついたように泣きさけぶ子どもの声がしました。見ると、門に鎖《くさり》でしばりつけられた遺体《いたい》がありました。泣き出した子どもの家族だったのでしょうか。今、撃ち殺されたばかりの遺体からは、どくどくと、真《ま》っ赤《か》な血があふれ出ていました。

「見るんじゃない！」

トーンにいさんが、わたしの頭をぐいと引《ひ》き寄《よ》せて、目をふさぎました。

それからは下を向いたまま、足元ばかりを見て歩きました。

トーンはずっと、わたしの手を引いてくれました。

南に住む人は南に、東の人はさらに東に、人びとはただ町を出るためだけに歩きつづけ、その日のうちに、プノンペンはからっぽになったのです。

一日中歩いて、トンレサップ川の川岸にたどり着きました。この川をわたらなければ、市外には出られません。でも、もう辺りは薄暗《うすぐら》く、舟《ふね》も橋もありません。町を追い出された人たちが、途方《とほう》にくれたように座りこみ、岸辺をうめつくしていました。

「三日のしんぼうよ。それまで、ここで野宿するしかないわ」

母はあいている場所を見つけて、持ってきたゴザを広げました。

ところが、三日たっても一週間たっても、家には帰れません。帰ろうとすると、兵士たちが銃《じゅう》をかまえて、道をふさぎました。

学校も市場も閉鎖《へいさ》されたままです。

プノンペンの市外に、親戚《しんせき》や親しい家がある人は、そこに身を寄せることにして、去っていきました。でも、わたしたち家族には、そういう人はありません。必ず家に帰れると信じて、その場で野宿をつづけていました。

持ちだした食料はそこをつき、兄たちが近くの畑を回って、野菜くずや木の実などを拾い集めてきました。雑草《ざっそう》や、バナナの木の皮をうすくはいだものを、おかゆにまぜて食べたりしました。

さらに数日して、黒の軍服に金バッジをつけた兵士がやってきて、いいました。

「旧政府《きゅうせいふ》の軍人や公務員《こうむいん》、教育関係者、医師《いし》、僧侶《そうりょ》は、申し出るように。国家再建《さいけん》のために働いてもらう」

わたしたちの父親は、学校の教員でした。この命令に応《おう》じなければなりません。

「いつかまた、必ずいっしょに暮《く》らせる日が来る。それまで、みんなで力をあわせてがんばるんだよ」

そういって父は、わたしをぎゅっと抱《だ》きしめました。

国家再建のためとはいえ、軍に連れていかれるというのがどういうことなのか、おさなかったわたしにも、およその見当はつきました。わたしは不安におののき、泣くことさえ忘《わす》れて、ただただ震《ふる》えていたように思います。

父は、両腕《りょううで》を乱暴《らんぼう》につかんだ兵士の手をふり払《はら》って、自分で歩いていきました。その後ろ姿《すがた》は堂々として、誇《ほこ》りにみちたものでした。

それが、父を見た最後でした。

そのまま父の行方《ゆくえ》はわからなくなり、二度と会うことはなかったのです。

このころになって、ようやく人びとは気づきました。ポルポトは政権《せいけん》をにぎっただけではたりず、首都をまるごと自分の物にしたかったのです。

やがて、カンボジアの夏を彩《いろど》る、カエンジュの花が咲《さ》き始めました。大木の枝《えだ》に真《ま》っ赤《か》な花が咲き乱《みだ》れ、空が燃《も》えるような赤に染《そ》まります。カエンジュが咲くと、まもなく雨季《うき》がやってくるのです。

ほどなくして、トンレサップ川に人の死体が流れるようになりました。

当時は、人が亡《な》くなると、遺体《いたい》を水に流して弔《とむら》うことがありました。でも、その場合は、亡くなった人にきれいな衣装《いしょう》を着せて、花を飾《かざ》ったりします。

そうした遺体とは明らかに違《ちが》う、傷《きず》だらけで、血のりのついた、胸《むね》が痛《いた》むような遺体でした。暴行《ぼうこう》を受けたような遺体です。それを見て、とうとう母も決心しました。

母は、子どもたちをならべて、いいました。

「いくら待っても、お父さんはもう、もどって来ないわ。家に帰るのはあきらめて、川をわたりましょう。向こう岸の村にいけば、畑を借りられるかもしれない。雨季になる前に、住む場所と食料を手に入れないと」

一番上のサルンにいさんが、地元の漁師《りょうし》の家を回って、小さな釣《つ》り舟《ぶね》を借りてきました。

定員三人の小さな舟を、サルンにいさんは何往復《なんおうふく》もこいで、家族全員を向こう岸まで運びました。

向こう岸の村には、すでに、プノンペンから、たくさんの人が避難《ひなん》してきていました。

わたしたちは、気のよさそうなお年寄《としよ》りのご夫婦《ふうふ》にたのみこんで、いっしょに住ませてもらうことにしました。

みんなで野菜を作り、分け合って暮《く》らしました。知らない人が見たら、本当の家族のように見えたかもしれません。

思えばこの時期が、家族がいっしょに暮らした、最後の穏《おだ》やかな日々でした。

でも、それは、長つづきはしませんでした。

ある日、トラックが何台も、土けむりを上げてやってきました。

黒服の兵士がばらばらとトラックを降《お》り、人々に銃《じゅう》を向けて叫《さけ》びました。

「プノンペンから来た住民は、一人残らずトラックに乗れ！」

「どこに連れて行くんだ」

集まった人たちが口々に聞きましたが、返事はありません。

「プノンペンに帰れるのか」

サルンにいさんが聞くと、兵士は銃《じゅう》で、にいさんのおなかをこづきました。

荷台が人でいっぱいになると、トラックはプノンペンとは反対の、北へ向かって走り始めました。

途中《とちゅう》から、同じようなトラックが何台も合流し、あちこちの村から、プノンペン市民が集められているのがわかりました。人々をぎゅうづめにしたトラックはでこぼこ道を北へ進み、あたりが薄暗《うすぐら》くなったころ、ようやく止まりました。でも、まだ到着《とうちゃく》ではありませんでした。

野宿で一夜を明かすと、翌朝《よくあさ》、こんどは何台もの牛車に分乗させられました。

山あいの村で降《お》ろされると、バッジをつけた軍の役人たちが、ずらりと並《なら》んで待ちかまえていました。

「これからお前たちは、この村で働くのだ。国家再建《さいけん》のために、大人も子どももほこりをもって、しっかり働くように」

年齢《ねんれい》や性別《せいべつ》、からだの大きさなどによって班分《はんわ》けされ、それぞれの仕事先が決められました。わたしは、女の子ばかり二十人ほどの班に入れられ、農場の作業小屋に連れていかれました。

翌日《よくじつ》から、くる日もくる日も、厳《きび》しい強制《きょうせい》労働がはじまりました。

はじめは、畑の草とりや種まきなどの軽い作業でした。でも、少年班や、中学生、高校生の班が、ダム建設《けんせつ》や水路づくりなどで山奥《やまおく》に送られるようになると、しだいに、重労働が回ってくるようになりました。

朝早くから、夜は暗くなっても農作業です。仕事が終われば作業小屋でごろ寝《ね》。休みもありません。

わたしはプノンペン生まれの、プノンペン育ちです。それまで、農作業などしたことがありません。それでも、くわをもって畑を耕《たがや》したり、曲がりくねった田んぼのあぜ道を、まっすぐなあぜに造《つく》り変えたりしました。

少しでも気をぬくと、見張《みは》りの兵士がとんできて、大声でどなりました。

ひどい体罰《たいばつ》をうけて働けなくなったり、どこかへ連れていかれたまま、もどってこない子どももいました。

食事は配給されますが、水っぽいおかゆだけです。わたしたちはいつも腹《はら》ぺこで、カエルやネズミをつかまえては、こっそり、焼いて食べました。

やがて、子どもたちの間に奇妙《きみよう》な病気がはやりはじめました。からだ中がはれて、足もパンパンに膨《ふく》らみ、歩くことさえできなくなります。いま思えば、原因《げんいん》は栄養失調でしたが、当時はそんなこともわかりません。わかっても、薬も、栄養のある食べ物もありませんでした。

ときがたって、わたしは十一歳《さい》になっていました。

畑の収穫《しゆうかく》が終わり、ひさしぶりに二日間の休みがでました。

おどるような気持ちで母のいる村に帰りましたが、母の姿《すがた》がありません。

母はもともと体も小さく、病弱でした。実際《じつさい》の年齢《ねんれい》より年上に見られ、村で、住民といっしょに、兵士の食事の世話などの軽作業をさせられていたのです。

村長をたずねて母の居場所《いばしよ》を聞くと、村長はわたしに目も合わせずに答えました。

「イモ畑に連れて行かれた」

「いつですか！」

「十日ほど前だ」

わたしは目の前が真っ暗になりました。体中の力がぬけ、その場にへなへなと座りこみました。

そのころ、「イモ畑」や「大学」といえば、殺されることを意味していたのです。

「イモ畑」は、大きな穴《あな》を掘《ほ》って死体を投《な》げ捨《す》てる場所、広い教室がいくつもある大学や高校は、刑務所《けいむしょ》や強制収容所《きょうせいしゅうようじょ》になっていました。

ポルポト軍は、学校の先生や医者、芸術家《げいじゅつか》、僧侶《そうりょ》など、専門的《せんもんてき》な知識《ちしき》や学歴の高い人を徹底《てってい》して嫌《きら》いました。自分たちの狂《くる》った政治《せいじ》を守るため、反対意見をいいそうな人はすべて殺し、口封《くちふう》じをするのが目的でした。メガネをかけているだけで教養があるとされ、殺されたのです。

さらに、お金持ちや都会の文化にそまった人も〝上流階級〟として憎《にく》み、みな殺しにしようとしました。プノンペン市民は、首都に住んでいたというだけで、お金にまみれたぜいたくな人間とされ、殺される理由になったのです。

お母さんはここまで話すと、深く深く息を吸《す》って、目をつむった。

両手を合わせて頭を垂《た》れると、そのまましばらく言葉にならなかった。

「おつかれさま。あとはかわろう」

トーンおじさんが、お母さんの背中《せなか》をなでた。

未来《みく》はお母さんの腕《うで》をとって、寄《よ》りそった。

なにか声をかけたかったけれど、なんといっていいのかわからなかった。

「わたしと妹が日本に行くまでには、もう少し時間がかかります」

トーンおじさんが、話をつないで語り始めた。


わたしと妹のマオランは二つ違《ちが》いです。

わたしは十一歳《さい》のときにプノンペンを出ました。

わたしたち少年班《はん》は、岩や切り株《かぶ》だらけの荒《あ》れた土地を開墾《かいこん》させられました。

普通《ふつう》なら、とても子どもだけでできる仕事ではありません。一日何メートル四方と割《わ》り当てを決めて、大の大人でさえ苦労するような力仕事を、させられました。簡単《かんたん》にはクリアできないような厳《きび》しい割り当てで、それが終わるまでは食事も食べさせてもらえません。あまりの厳しさに不満をいうと、「反抗的《はんこうてき》だ」となぐられたり、両手を後ろ手に縛《しば》られたまま、木につるされたりしました。

日を追うごとに労働は厳しくなり、監督《かんとく》の兵士による体罰《たいばつ》や暴力《ぼうりょく》も、激《はげ》しさを増《ま》していきました。

ある朝、強い寒気と体の震《ふる》えを感じて、目が覚めました。真夏のうだるような暑さの中で、「寒い、寒い」とガタガタ震《ふる》えていると、

「トーンが熱病だ」

と、仲間たちが心配して、わたしを休ませるよう、監督兵士に申し出てくれました。監督兵は冷たくいい放ちました。

「マラリアだ。ペートに運んでこい」

ペートとは病院のことです。ですがそれは、運ぶというより、「捨《す》ててこい」という

意味でした。

マラリアにかかったら、まず助かりません。医者もいないし、薬もないのです。病気になったりケガをした子どもは、治療《ちりょう》するのでなく、名簿《めいぼ》から消して、切《き》り捨《す》てるのでした。

こうしてわたしは、友人二人にかつがれて、病院に運ばれました。

病院といっても、村はずれの民家に、ペートと書いた木の札を下げただけのところです。医者も薬もなく、ただ、「衛生兵《えいせいへい》」の腕章《わんしょう》をつけた若《わか》い兵士が、患者《かんじゃ》の傷口《きずぐち》を洗《あら》ったり、汚《よご》れた手足を拭《ふ》いたりしていました。

毎日のように弱った子どもが運ばれてきて、毎日のように死んでいきました。

でもここには、農作業の分担《ぶんたん》も、暴力《ぼうりょく》もありませんでした。わたしはそこで、プノンペンの家を追われてからはじめて、ぐっすり眠ることができたのです。

しかも、幸運なことに、どうやらわたしはマラリアではありませんでした。疲《つか》れと栄養不足が重なって、高い熱が出たのでしょう。衛生兵たちに医学的な知識《ちしき》はほとんどありませんでしたから、わたしは熱が引いても具合が悪いふりをしていました。

だるそうにしながら、重病の子どもたちの看病《かんびょう》をしたりして過《す》ごしていると、ある日、牛車に乗せられて、女の子が運ばれてきました。

「北の部落を通りかかったら、けが人がいるのでペートに運んでほしいといわれたんだ。かわいそうに、そうとう弱ってるよ」

気のよさそうなおじいさんが、そういって女の子をおろしていきました。

見ると、妹のマオランではありませんか。

三年ぶりに見た妹の姿《すがた》でした。やせ細って、身長も、ほとんど伸《の》びていないようでした。

右足のくるぶしがバックリと開き、黒く固まった血液《けつえき》が、かろうじて傷口《きずぐち》をふさいでいます。大変な痛《いた》みと出血だったのでしょう。マオランはもはや血の気《け》も失《う》せて、青白い顔で、意識《いしき》ももうろうとしていました。

あとで聞いた話では、畑をたがやしていたとき、はだしの足に、くわを振《ふ》りおろしてしまったということでした。

このころ、子どもたちはみんなはだしでした。プノンペンを出たときは、くつやサンダルをはいていましたが、長距離《ちょうきょり》の移動《いどう》や厳《きび》しい農作業で、みんな、とっくになくしてしまっていました。

子どもたちははだしのまま、十分な食事も与《あた》えられずに、なれない畑仕事をさせられていたのです。病気になったり、けがをするのは、当たり前のことでした。

意識《いしき》を失っていたマオランは、ひたすらうわごとをいい、母の名前をよんでいました。わたしは、化のう止めに効《き》くという薬草をせんじて飲ませたり、栄養をとるために、カエルやヘビをつかまえて、スープにして飲ませました。

数日してマオランの熱が引くと、青白かったほほに、うっすらと赤みがさしてきました。

「マオラン、しっかりしろ。生きるんだぞ」

わたしは根気よく、薬草のスープをのませました。さらに数日して、マオランはゆっくりと目を開けたのです。

マオランはわたしを見て、

「トーンにいさん……、お母さんが、来ちゃダメって……」

と、いいました。

母が、マオランをこっちの世界におしもどしてくれたのでしょう。

わたしたちは抱《だ》きあって泣きました。

「もう大丈夫《だいじょうぶ》だよ。もう、農場に行かなくてもいいからね」

わたしとマオランは、夜中、衛生兵《えいせいへい》の目をぬすんで、ペートをぬけだしました。人目につかない場所を探《さが》して、ヤシやバナナの葉を重ねたそまつな小屋を作り、しばらくそこで、ひっそりと暮《く》らしました。


一九七九年の一月でした。

家を追われてから、四年の歳月《さいげつ》が流れていました。

ポルポト軍とはべつの制服《せいふく》を着た兵士たちが、拡声器《かくせいき》でがなり立てながら、ジープに乗ってやってきました。

「内戦《ないせん》は終わりました。みなさんは自由です」

わたしは半信半疑《はんしんはんぎ》でしたが、そういえば数日前から、ポルポト兵の姿《すがた》を見ていないことに気づきました。いつの間にか、ポルポト兵は一人残らず、退散《たいさん》していました。

まもなく、生き残った人たちが村に帰ってきました。

でも、この村に連れてこられた百人以上のうち、無事に帰って来た人はわずか十数人。七人でプノンペンを出たわたしたち家族も、わたしと妹のマオランの二人だけになってしまいました。

わたしはマオランを連れて、プノンペンの家にもどりました。

四年ぶりのプノンペンは、帰ってきた人と地方から流れ込《こ》んできた人で、ごった返していました。町は荒《あ》れ放題《ほうだい》に荒れ、見なれない制服《せいふく》の兵士やポルポト軍の残兵がうろついて、あちこちでこぜりあいが起きていました。

しかも、ようやくたどり着いたわが家には、見知らぬ人たちが何十人も住み着いていました。家主がいなかったので、家をなくした人たちが、勝手に入《はい》り込《こ》んでしまったのです。

今さら、わたしたちが入りこめるすきは、ありません。

わたしは途方《とほう》にくれました。

それまでは、人目を避《さ》けて、一日、一日を生きるのが精《せい》いっぱいだったのに、突然《とつぜん》自由だといわれても、住む場所も、食べるものもありません。マオランと二人、何をどうしたら生きていけるのか、見当もつきませんでした。

わたしは、人が集まっているところに行っては、聞き耳を立てました。大人たちの話の中に、生きるすべはないかと、必死でした。

そして、決心したのです。

わたしはマオランにいいました。

「国を出よう」

北の国境《こっきょう》を越《こ》えてタイに行けば、国連の難民《なんみん》キャンプがあって、保護《ほご》してもらえる、という話を聞いたのです。

子どもだけで、お金もパスポートもないまま国境を越えることができるのか、とても不安でした。ですが、ここにとどまっても、家も家族も失ったわたしたちが、子ども二人で生きていけるとは思えません。

この先どんなことが待ち受けていても、いままで以上につらいことはないだろう、とも思いました。

わたしたちは北の国境《こっきょう》をめざして、再《ふたた》び、プノンペンをあとにしました。歩いては野宿し、また歩いては野宿のくりかえしでした。貨物列車の荷台にこっそりもぐり込《こ》んだり、気のいいお百姓《ひゃくしょう》さんが、牛車に乗せてくれたこともありました。

木の実や草で食べつなぎ、虫や小さな動物をつかまえては、焼いて食べました。めずらしいものを見つけると、通りぞいの家を訪《たず》ねて物々交換《ぶつぶつこうかん》をしたり、物売りをしたりして、わずかな小銭《こぜに》をかせぎました。

何日も放浪《ほうろう》して、ようやく国境付近までたどりつくと、そこには、国を出ようという人達《ひとたち》が、あふれかえっていました。

あと一息でタイです。でも、ここを越《こ》えてしまうと、難民《なんみん》として、言葉も通じない国で暮《く》らさなければなりません。

その重い決断《けつだん》が、みんなの足をここでとどめていました。

おまけにこの先は、地雷《じらい》地帯でした。戦争中《せんそうちゅう》、他国《たこく》の軍隊が入り込《こ》むのを防《ふせ》ぐため、国境付近には莫大《ばくだい》な数の地雷《じらい》が埋《う》められていました。

安全に国境《こっきょう》を越《こ》えるには、この辺《あた》りの地理に詳《くわ》しい人を、お金を払《はら》ってやとわなければなりません。もともとこの地域《ちいき》に住んでいた人たちが、自分たちの土地を通過《つうか》させる代わりに、通行料を取るようにもなっていました。

お金など持っていないわたしたちは、何日も様子を見て、比較的《ひかくてき》安全に通りぬけられそうなルートをさがしました。そして、見張《みは》りが手薄《てうす》になる深夜の時間を見計《みはか》らって、こっそりそこをぬけ出したのです。

走って走って、息が切れてもなお走りました。まさに命がけでした。

こうしてわたしたちは、運よく生きのびて、さらに運よく、国を脱出《だっしゅつ》することができました。死ととなり合わせの日々から、なんとか、のがれることができたのです。

国境を越えてふり返ると、ふるさとの空は、朝焼けに染《そ》まっていました。

いつのまにか満開の季節を迎《むか》えたカエンジュの花が、さらに赤く、空を染め上げています。

「空が燃《も》えてるみたい」

マオランがいいました。

わたしには、ついに帰って来なかった両親や、兄や姉たちが流した血の色に見えました。

タイのカオイダン難民《なんみん》キャンプには、国連やタイだけでなく、いろいろな国から支援《しえん》の人たちが来ていました。

マオランがとくに気に入って、慕《した》っていた女性《じょせい》が、日本のNGO《エヌジーオー》の人でした。彼女《かのじょ》のすすめで、わたしたちは、日本で暮《く》らすことになったのです。

一九八〇年の夏でした。

わたしたちは、成田《なりた》空港に向かって、タイのバンコク空港を飛び立ちました。

九歳《さい》だったマオランは十四歳に、十一歳だったわたしは、十六歳になっていました。

4 戦争《せんそう》が遺《のこ》したもの

「おはよう。今朝のスコール、すごかったね」

ホテルのロビーに集まると、麻衣《まい》ちゃんが、話しかけてきた。

「スコール、そうだった？」

「気がつかなかったの、雷《かみなり》もすごかったよ」

「こいつはね、一度寝《ね》ちゃったら、なにがあっても起きないタイプなんだ」

おにいちゃんが笑った。

ゆうべは、お母さんの子どものころの話を、はじめてちゃんと聞いた。衝撃的《しょうげきてき》だった。

悲しいとか、かわいそうではなく、脳天《のうてん》からおなかに、ずどんと響《ひび》く感じで、周《まわ》り中の景色から、色が消えた。

しばらくは、立ち上がることもできなかった。

未来《みく》は、お母さんの手をにぎったままベッドに入った。

ホテルのベッドはスプリングがきいて、二段《だん》ベッドをはずして布団《ふとん》を敷《し》いただけの未来のベッドより、ずっと快適《かいてき》だった。でも、なかなか寝《ね》つけなかった。

今の未来よりも、もっと小さかったお母さんが、この国で、おびえながら、ひたすら恐怖《きょうふ》や孤独《こどく》とたたかいつづけた日々が、映像《えいぞう》のように頭にうかんで、はなれなかった。

自分も同じ時代に生きているようで、恐《おそ》ろしくて不安で、息もつまるほどだった。

今にもドアを開けて、銃《じゅう》を抱《かか》えた兵士が入ってくるのではないか。お母さんが目の前から消えてしまうのではないか。そんなありもしない思いにとりつかれて、お母さんの手をはなすことができなかった。

でも、お母さんはそんな未来を抱《だ》き寄《よ》せて、頭をなでてくれた。

「こんなふうに寝るの、久《ひさ》しぶりだね」

お母さんは静かに笑った。

「だいじょうぶ。お母さんは、お父さんと知り合えて、未来たちが生まれてくれて、いまは、ほんとうに幸せだよ」

「わたしたちの名前、そういう意味でつけたんだね」

「そうよ。男の子なら〝和平《わへい》〟、女の子なら〝未来《みらい》〟って書いて〝みく〟。おにいちゃんが生まれる前から決めてたの。お母さんがそうしたい、っていったら、お父さんも賛成《さんせい》してくれたのよ」

うすうす感じてはいた。期待が大きすぎて、重い、と思ったこともあった。おにいちゃんなんか、「ダサい」と、真剣《しんけん》に抗議《こうぎ》していたこともある。

「和平なんて名前、わざとらしい、って笑われたよ」

ともいっていた。

でも今は、お母さんの気持ちを受け止めようと思った。

お母さんの息づかいを感じながら、頭をなでてもらっているうちに、いつのまにか眠《ねむ》ってしまった。

眠ってしまったら、いつも通りぐっすりだ。

悔《くや》しいけど、おにいちゃんのいう通りなのだ。一度寝《ね》ちゃったら、何があっても起きないタイプ。ずぶといのだ。

未来《みく》は今朝ほど、ずぶとくてよかったと思ったことはない。

「みなさん、水は持ちましたか。水と帽子《ぼうし》は忘《わす》れずに持ってくださいね」

シナットさんが、麻《あさ》ひもを編《あ》んで作ったペットボトル入れを配った。

「ホテルのサービスです。これにお水を入れて、首に下げていくといいですよ。水はどんどん飲んでくださいね。日本の夏より、もっと暑いですから」

トーンおじさんが、改めて、シナットさんを紹介《しょうかい》した。

「今日はシナットくんにガイドをしてもらいます。彼《かれ》は英語とフランス語と日本語が話せます。もちろん現地《げんち》のクメール語もです。留学《りゅうがく》を終えたら、カンボジアで、通訳《つうやく》と国際《こくさい》ガイドを目指しているんです」

「すごーい」

麻衣《まい》ちゃんが、うっとりしたようにいった。

シナットさんはすらりと背《せ》が高く、小麦色した顔だちも精悍《せいかん》な感じで、なかなか、かっこいい。

「きょうはお墓参《はかまい》りに行きましょう。戦争《せんそう》で犠牲《ぎせい》になった人たちの共同墓地《ぼち》です。墓地といっても、慰霊塔《いれいとう》や資料館《しりょうかん》ができて、今は世界中から見学の人が来ますから、そんなに心配しなくても大丈夫《だいじょうぶ》です。暑いですが、みなさん、がんばりましょうね」

シナットさんは、持参したアイパッドを起動させた。

「シェムリアップは、日本の沖縄《おきなわ》より台湾《たいわん》よりずっと南。フィリピンの首都、マニラくらいの緯度《いど》ですね。今日の予想気温は、三十八度です」

うへー、という声がした。麻衣《まい》ちゃんのお父さんだ。

おにいちゃんは、シナットさんのアイパッドに、興味津々《きょうみしんしん》だ。

「パソコン、二台も持ってきたの？　ゆうべのと違《ちが》うね」

シナットさんの横にくっつくようにして、画面をのぞきこんでいる。

「ゆうべのと同じです。スタンドをはずして、持ち運びやすくしたんですよ。興味あるなら、助手をやってもらおうかな」

「はい！」

おにいちゃんははりきって、リュックのポケットから、メモ帳とペンをとり出した。

シナットさんが、画面をクリックして、おにいちゃんにいった。

「これを、みなさんにお知らせして」

「はい。ただいまの気温は三十二度です」

麻衣《まい》ちゃんのお父さんが、また「うへー」と口を曲げた。

くすくすと笑いが起きた。

「すいません。北海道《ほっかいどう》育ちなものですから。朝から三十度を超《こ》えたら、もう、だめです」

「カンボジアでは、真夏は四十度を超える日もよくあります。今日はまだましですよ」

シナットさんの言葉に、麻衣ちゃんのお父さんは、しかたなさそうにうなずいて、ガッツポーズをした。

ホテルを一歩出ると、朝からじりじりと、痛《いた》いほどの日差しが照りつけている。

玄関前《げんかんまえ》のロータリーには、昨日と同じ、日本製《にほんせい》のおんぼろバスが待っていた。

大型で立派《りっぱ》な観光バスも止まっているのに、未来《みく》たちのバスは、情《なさ》けないほどおんぼろで小さい。

「あっちのバスは、日本の大手旅行会社がチャーターしたバスですね。団体《だんたい》のツアーは日本と中国のお客さんが多いです。ヨーロッパやアメリカからの観光客は、個人《こじん》で来る人が多いです」

おんぼろ小型バスでも、エアコンをつければ快適《かいてき》だ。

二十分ほどで、「キリングフィールド」に到着《とうちゃく》した。

「キリングフィールド」は、日本語にすると〝戦場《せんじょう》〟とか〝殺人広場〟という意味になる。住民たちが大量虐殺《ぎゃくさつ》された、まさにその場所だ。

「カンボジアの内戦《ないせん》が激《はげ》しくなったころ、この辺り一帯は、プノンペンからきた人と、以前からここに住んでいた人たちが入り混《ま》じって、対立が激しくなっていったんだ」

トーンおじさんがいった。

「ポルポト軍は、そうした住民の対立を利用し、気持ちをあおって、住民同士が監視《かんし》し合うように命令した。仕事や食べものを失った若者《わかもの》たちを志願兵《しがんへい》として受け入れ、住民の監視や処刑《しょけい》の担当《たんとう》にあてたんだ。訓練もないまま、武器《ぶき》と権力《けんりょく》だけを手に入れた若《わか》い兵士は、少しでも軍に反対する声が聞こえたり、態度《たいど》が見えれば、連行して処刑した。殺戮《さつりく》はどんどんエスカレートして、顔見知りの住民でもかまわず処刑《しょけい》していったんだよ。まるで、殺人ゲームに狂奔《きょうほん》するかのようにね」

集められた処刑対象者たちは、あちこちの空き地や畑に連れていかれ、殺されたのちに、大きな穴《あな》に投げ捨《す》てられた。

戦後、そうした土地の一角に慰霊塔《いれいとう》が立てられ、被害者《ひがいしゃ》たちの遺骨《いこつ》がおさめられているのだそうだ。

キリングフィールドには、慰霊塔のほかに、慰霊碑《いれいひ》や、写真や資料《しりょう》を展示《てんじ》した小さな資料館《しりょうかん》がある。戦争遺跡《せんそういせき》として観光スポットになっており、バナナの木が並《なら》んだ駐車場《ちゅうしゃじょう》には、大型バスが何台も止まっていた。

だが、遺骨の状態《じょうたい》が悪いうえに、あまりにも数が多く、どこのだれかは特定できていない。頭《ず》がい骨《こつ》や足の骨《ほね》などが、体の部位ごとに山積みになって、ガラス張《ば》りの塔の中に収《おさ》められている。

はじめは、ガラスに日の光が反射《はんしゃ》して、何が入っているのか、わからなかった。

目の前まで近づいてみて、これがすべて人の骨だと気がついた瞬間《しゅんかん》、未来《みく》は体が固ま

って、身動きできなくなった。背中《せなか》に悪寒《おかん》が走り、体中に鳥肌《とりはだ》が立った。

おにいちゃんも、「うおっ」とうめくような声を発して、立ち止まった。

お母さんが二人を両脇《りょうわき》にだいて、いった。

「あの中に、あなたたちのおじいちゃんやおばあちゃん、おじさん、おばさんたちもいるかもしれないの。黙《もく》とうしましょう」

未来《みく》は手を合わせて黙とうした。

そのまま目を開きたくなかった。

あの山積みの頭《ず》がい骨《こつ》が、みんなそれぞれ血が通った人間だったのだ。今も生きていたら、この広場は人で埋《う》めつくされているだろう。おおぜいの人がおしゃべりしたり笑ったり、にぎやかな広場になっていたはずだ。

今は自分のとなりにいるお母さんも、未来と同じ年ごろには、あの人たちのとなりにいたのだ。

そう思ったら、未来は自然に涙《なみだ》があふれた。恐《おそ》ろしくて体は凍《こお》りついたように身動きできないまま、ただ涙だけが、はらはらと流れた。

バスにもどってさらに数分行くと、地雷《じらい》博物館があった。

地雷博物館は、車道から入口につづく小道の両側に、爆薬《ばくやく》をぬいた爆弾《ばくだん》が並《なら》んでいた。バナナやヤシの木など、熱帯性《ねったいせい》の大きな植物のあいだに、さびた爆弾の列ができている。未来《みく》の背丈《せたけ》ほどもありそうな大きな鉄の固まりが、当たり前のように並んでいる様子は、一風変わったオブジェのようにも見える。

薄暗《うすぐら》い室内に入っていくと、白黒写真や手書きの地図などが、パネルになって並んでいた。解説《かいせつ》も書かれていたが、クメール文字と英文なので、未来にはわからない。

重苦しい空気に包まれた展示室《てんじしつ》をぬけると、中庭に、金網《かなあみ》を張《は》りめぐらせた小屋が立っていた。

未来の小学校の鳥小屋くらいの大きさだが、金網の中には、赤黒く丸いものが、屋根に届《とど》きそうなほどうず高く積まれている。

「また……」

未来は足を止めた。

「だいじょうぶだよ。こんどは地雷《じらい》だ」

おにいちゃんがいった。

シナットさんがみんなにむかっていった。

「カンボジアには、いまでも数百万個《こ》の地雷《じらい》が埋《う》まったままです。国連や、民間のさまざまな団体《だんたい》が地雷撤去《てっきょ》にとりくんでいますが、爆発《ばくはつ》しないよう、一つひとつ慎重《しんちょう》に掘《ほ》り出さないといけないので、時間も費用もかかります。今のままのペースだと、カンボジアの地雷をすべて撤去するには、百年以上かかるといわれています」

この資料館《しりょうかん》は、埋蔵《まいぞう》地雷や撤去作業の現状《げんじょう》を知ってもらうため、地雷の撤去にとりくんでいる人たちが、自己資金《じこしきん》で運営《うんえい》しているのだという。

地雷は、人々の目をだますために、いろいろな形で作られた。おわんのような半球型のものや、ひらたい円盤《えんばん》型のもの、細長くて先がとがったロケット型のもの、楕円《だえんけい》形のものなど、さまざまな形の地雷が、形ごとに集められて、山積みになっている。

ここだけで、五千発ほどの地雷が集められていると、シナットさんはいった。

「すべて、ここの資料館を運営する人たちが自費で撤去したものです。国は地雷の撤去や被害者《ひがいしゃ》の支援《しえん》など、戦争《せんそう》の後しまつにあまりお金を出しません。仕方なく、民間の団体《だんたい》や個人《こじん》が、寄付《きふ》などを集めて、自己資金《じこしきん》でやっているんです。掘《ほ》り出した地雷《じらい》を安全に爆発《ばくはつ》させて、カラだけをここに展示《てんじ》しています」

シナットさんは「展示」といったが、展示というより、集めて打ち捨《す》ててあるだけに見える。

「地雷がたくさん埋《う》まっている国は、エジプトやアフガニスタンなど、カンボジアの他《ほか》にもあります。でも、地雷で被害《ひがい》を受ける人の割合が人口に対して一番多いのは、カンボジアなんです。それは、カンボジアがそれらの国より狭《せま》くて人口密度《みつど》が高いこと、そして何より重要なのは、カンボジアの地雷は砂漠《さばく》や国境《こっきょう》地帯だけでなく、普通《ふつう》の住民の農地や生活地域《ちいき》にまで埋められた、ということです」

十年ほど前から国も地雷除去に取り組み、都市や観光地の地雷はほぼ撤去《てっきょ》されている。だが、今でも、処理《しょり》されないまま埋まっている地雷を踏《ふ》んで、命を落としたり、重い障害《しょうがい》を負う人があとを絶《た》たないという。

その先には、どくろマークのついた真《ま》っ赤《か》な看板《かんばん》が立てられ、赤いテープが張《は》りめぐらされた一角があった。

「まだ地雷《じらい》の撤去《てっきょ》がすんでいないところには、こういう看板《かんばん》を立てて危険《きけん》を知らせています。郊外《こうがい》の農村地域《ちいき》に行くと、こうした場所がまだあちこちにあります。でも、もともと住民の土地ですから、木の実を取りに行ったり、ちょっとした農作業などで入ってしまう人も多いんです。とくに、子どもたちがうっかり入ってしまって、事故《じこ》にあうことが多いです」

「戦争《せんそう》が終わって三十年以上だろう……」

おにいちゃんが、つぶやくようにいった。

戦争が終わったからといって、すぐさま平和はやって来ない。

未来《みく》は、お母さんにしがみついたまま、抱《だ》きかかえられるようにして、バスにもどった。

つぎつぎと襲《おそ》いかかってくる衝撃《しょうげき》に、立っているのもつらいほど、打ちのめされていた。

それでも、エアコンのきいたバスの中で水を飲むと、やっと安心して、呼吸《こきゅう》ができる気がした。

5 見えない壁《かべ》

「さあ、みなさん、元気を出して。気分を変えてドライブしましょう」

バスは微振動《びしんどう》をくり返し、ときに大きくバウンドしながら、町のメインストリートを走った。歩道と車道の区別もなく、センターラインもないが、この通りが町を南北に走る幹《かん》線《せん》道路だ。

町の中心部には、ホテルや銀行、商店などの新しいビルが並《なら》んでいる。

白いフェンスに囲まれた広大な敷地《しきち》の奥《おく》に、平屋の長い建物があった。フェンスに英文の看板《かんばん》がかかっている。

「プライマリースクールです。小学校ですね」

シナットさんがいった。

いまは夏休みで子どもたちはいないが、学校の数が少なく、午前と午後の二部制《せい》で勉強しているということだった。

「半日しか学校行かなくていいの?」

おにいちゃんが大声でいった。

みんなから、ほっとしたような笑いがもれた。

「行かなくていいのではなくて、行けないのです。教室も先生もたりません。家計が苦しい家も多いので、子どもたちは売り子をして働いたり、家の仕事を手伝ったりしながら学校に行っています。早朝だけ勉強する〝朝の学校〟というのもあるくらいです。夜も、戦《せん》争《そう》や家の事情《じじょう》で学校に行けなかった大人たちが集まって、文字や計算などを勉強しています」

町はどことなくほこりっぽく、くすんだ色合いだ。よく見ると、あちこちにレンガやセメントのようなものが積みあげられている。鉄骨《てっこつ》がむき出しのまま、空に伸《の》びている建物もあった。

「今、この町は建設《けんせつ》ラッシュです。でも、暑いし、建築用《けんちくよう》の資材《しざい》も機械なども不足しているので、日本のように効率《こうりつ》よくはいきません。だから、いつまでも、ずっと建築中《けんちくちゅう》です」

シナットさんは笑った。

確《たし》かに暑い。日本なら、とっくに熱中症《ねっちゅうしょう》の危険《きけん》マークが出て、外出はなるべく控《ひか》えるように、なんていわれるところだ。

この国の人は暑さになれているのか、「外出控え」はないが、その代わり、昼休みが長い。観光客は昼にはいったんホテルにもどって、シャワーを浴びたり、仮眠《かみん》をとることが多いという。観光バスやトゥクトゥクの運転手も、木陰《こかげ》のハンモックで昼寝《ひるね》をしている姿《すがた》が、よく見られる。

暑くてほこりっぽい市街地《しがいち》をぬけて、道幅《みちはば》が狭《せま》くなると、バスはさらにガタガタとゆれた。

赤い花が咲《さ》きこぼれる美しい空き地で、ガツン、とバスは止まった。

「日本人の方が経営《けいえい》しているレストランです。エアコンが効《き》いていますので、休憩《きゅうけい》して、ランチにしましょう。ショップもあるので、おみやげなどの買い物もできます」

シナットさんがバスのドアを開けながらいった。

「あれ、カエンジュ？」

未来《みく》が赤い花を指さして聞くと、お母さんは首を振《ふ》った。

「カエンジュはもっと、見上げるほど大きな木なの。そこに、こぼれんばかりに赤い花が咲くの。あれはブーゲンビリアよ。日本でも、夏になるとよく見かけるでしょ」

しゃれたジューススタンドと石畳《いしだたみ》のアプローチ。ここだけは、日本の都市にあるカフェのようだ。

「のど乾《かわ》いたー」

またおにいちゃんが大声でいった。でも、こんどはみんなも笑わずに、同意した。

「ここのお店は衛生《えいせい》管理もしっかりしていますから、何を注文しても大丈夫《だいじょうぶ》です。おすすめはマンゴージュースですが、みなさんも同じでいいですか」

トーンおじさんは、ジューススタンドで人数分のマンゴージュースを注文し、店内のレストランに運んでくれるよう、たのんだ。

「ここのオーナーは日本の方です。日本語の教室もやっていて、わたしの最初の、日本語の先生なんです。わたしのこと、悪くいわないでくださいね。怖《こわ》いんですから」

シナットさんは首をすくめて、「ないしょですよ」とつけたした。

広々とした店内はほどよく冷房《れいぼう》が効《き》いて、天井《てんじょう》まで届《とど》きそうな観葉植物の鉢植《はちう》えが並《なら》んでいる。案内されて座《すわ》った大きな丸テーブルには、グラタンのような料理が人数分、大皿に乗せられて、ドカンと置かれていた。

「アモックといいます。カンボジアの一般的《いっぱんてき》な料理で、外国の方にも好評《こうひょう》です。器《うつわ》はバナナの葉っぱなんですよ。ひとつずつ、自分のお皿に取って食べてください」

白身魚をベースにした蒸《む》し料理だという。とろりとしたソースは、ココナツミルクの香《かお》りで、とてもおいしかった。

カンボジアはインドシナ半島の南側にある国だ。海に面した国だが、シェムリアップは内陸で、海には遠い。海産物はなかなか入って来ないが、そのかわり、トンレサップ湖とそこから流れ出すトンレサップ川は、淡水魚《たんすいぎょ》の宝庫《ほうこ》だという。

「なんのお魚かわかりますか」

シナットさんがいった。

「白身魚だから、たら、とか?」

おにいちゃんがあてずっぽうでいったが、たらは海の魚だ。

「淡水の魚です。上に乗っているエビも、川エビです。午後に行く、トンレサップ湖でとれる魚ですから、答えはそれまでお預《あず》けにしましょう」

午後は、トンレサップ湖で船を借りて、クルージングの予定だ。

カンボジアでも主食はお米だが、日本の米よりねばり気が少なく、粒《つぶ》も細長い。ピラフのようなご飯とアモックと、カボチャのプリン。それに、絶品《ぜっぴん》のマンゴージュースを堪能《たんのう》したら、暑さと衝撃《しょうげき》でぐったりしていた心もからだも、すっかりリフレッシュした。

とつぜん、シナットさんが立ち上がって、右手をあげた。

「みなさん、ぼくの先生の、馬場由里子《ばばゆりこ》さんです」

「シナット、ひさしぶり。みなさん、ようこそ、おいでくださいました」

涼《すず》しげな綿素材《めんそざい》のパンツスーツであらわれた馬場《ばば》さんは、小柄《こがら》な女性《じょせい》だった。にこやかな笑顔《えがお》で、さっそうとしている。ゆったりサイズの洋服は、暑い国ならではのデザインだ。

長い黒髪《くろかみ》を一つにまとめ、チェックのバンダナで、キュッと結んでいる。

「十年ほど前に、日本のボランティア団体《だんたい》のスタッフとしてこの国に来ました。村を回って、文字や、歯みがきなどの生活習慣《しゅうかん》を教えていたのですが、親しくなった子どもたちや村の人と離《はな》れたくなくて、任期《にんき》が終わっても、そのまま住み着いてしまいました」

戦争《せんそう》や内戦は、人の命をうばうだけではない。学校や病院、農地や商店など、人びとの暮《く》らしのもととなる、すべてのものを破壊《はかい》する。

とくにポルポト軍は、学校の先生や医者、僧侶《そうりょ》など、国の政治《せいじ》や国民の暮らしを支《ささ》える、多くの人材を抹殺《まっさつ》した。そうした人的被害《ひがい》は、ちょっとやそっとでは取りもどせない。

「内戦の後に生まれた若《わか》い世代が、この国をつくっていかなければなりません。基礎《きそ》教育を身につけて、さらに日本語や英語を覚えれば、高収入をえることも可能《かのう》です。だから、日本語教室を開き、お店も開いて、この町の若い人たちに、働きながら学んでもらっています」

ここで働く人たちは、若い女性が多い。みんな、十代か二十代の前半だという。

お店では、町の特産のコショウや、パームヤシからとれるヤシ砂糖《ざとう》を使ったクッキー、カンボジアの伝統《でんとう》工芸のシルク製品《せいひん》などが販売《はんばい》されていた。

レストランとおみやげコーナーの奥《おく》には厨房《ちゅうぼう》があり、クッキーを焼く香《こう》ばしい香《かお》りがただよっている。調理器具《きぐ》や商品のパッケージなども清潔感《せいけつかん》にあふれ、日本の商店やレストランと比《くら》べても引けはとらない。

「こちらも、ぜひ見ていってください」

馬場《ばば》さんの案内で店の裏口《うらぐち》を出ると、広い中庭に、柱と屋根だけの簡単《かんたん》なつくりの作業場があった。

「こちらは機織《はたお》り工房《こうぼう》です」

コンクリートの床《ゆか》に色とりどりのゴザを敷《し》いて、女性《じょせい》たちが働いている。糸巻《いとま》き車で糸をつむぐ人、機織り機で布《ぬの》を織る人、大きなポリバケツに糸束《いとたば》を漬《つ》けこんで染《そ》める人。そのだれもが、まだ十代かと思われる、若《わか》い女性たちだ。

つややかな糸の束が、天井《てんじょう》のはりからつり下げられている。

カンボジアの伝統《でんとう》工芸が、吹《ふ》きぬけの簡素《かんそ》な作業場で、女性たちの手作業から生まれていた。

「これが合理的なんです。壁《かべ》があったら、暑くて仕事になりません」

馬場さんが屈託《くったく》なくいう。

天井《てんじょう》からつり下げられたハンモックの中で、糸の束《たば》にくるまれて、赤《あか》ん坊《ぼう》が眠《ねむ》っていた。作業場のすみに置かれた大きなかごの中にも、もうひとり。

「この人たちの赤ちゃんですか?」

お母さんが聞いた。

「保育所《ほいくしょ》や幼稚園《ようちえん》はぜんぜんたりませんので、みんな、子どもやおさない妹、弟を連れて、仕事に来るんです。このあたりではそれが当たり前で、女性《じょせい》が結婚《けっこん》したら仕事をやめるとか、子どもが生まれたらやめる、ということはありません」

「あそこにも」といって馬場《ばば》さんが指さした方を見ると、庭のバナナの木がしげった一角で、子どもたちが数人、集まって遊んでいた。

学校に行けない子どもも多いが、将来《しょうらい》のために、なんとか小学校だけは卒業したいと、朝の学校や半日だけの学校に通っている。それなのに、学校を卒業しても、安心して働く場所もない。

子どもたちは、家族の暮《く》らしをささえるために、しかたなく血液《けつえき》や内臓《ないぞう》を売ったり、売春をする女の子もいるという。

「安心して働ける場所があれば、この国の人たちは勤勉《きんべん》です。シナットが帰国して、この町で働くようになったら、シナットの奥《おく》さんにもここで働いてもらうつもりです」

馬場《ばば》さんは、自分より背《せ》の高いシナットさんの背中をたたきながら、ころころと笑った。

「結婚《けっこん》するの、シナットさん」

麻衣《まい》ちゃんが少しがっかりしたようにいった。

「そんな予定はありません。お相手もいませんよ」

シナットさんはあわてて、手を左右に振《ふ》った。


トンレサップ湖は、東南アジア最大といわれる湖だ。

カンボジアのほぼ真ん中あたりにあり、細長いヒョウタンのような形をしている。琵琶湖《びわこ》のおよそ四倍もの広さがあるが、それは天候が安定している乾季《かんき》のときで、五月半ばから十一月半ばの雨季《うき》になると、湖の面積は六倍にもふくれあがるという。琵琶湖のある滋賀県《しがけん》どころか、となりの京都や大阪《おおさか》、奈良県《ならけん》あたりまでが、すっぽりとおおわれてしまうほどの広さだ。

湖から流れ出すトンレサップ川の水も増水《ぞうすい》し、逆流《ぎやくりゆう》して、周囲の土地や森をのみ込《こ》んでいく。日本なら大洪水《だいこうずい》だが、毎年のことなので、地元の人たちは自然現象《げんしよう》として受け止めている。

湖のまわりには家もお店もなく、だだっ広い船着き場と空き地が広がっているだけだ。湖がもっとも大きく広がったときを想定して、人々の暮《く》らしは成り立っている。

トーンおじさんが、人数分の乗船券《じようせんけん》を買って、みんなに配った。

「途中《とちゆう》の休憩所《きゆうけいじよ》でいったん船をおりますから、なくさないで持っていてくださいね」

今は雨季《うき》だから、湖は拡大《かくだい》している時期だ。だが、これから一、二か月はさらに大きくなるのだそうで、乗船券の販売所《はんばいじよ》から船着き場までは、ゆらゆらゆれる木の橋を、しばらく歩かなければならなかった。

この国には四季の区別はなく、一年の半分は雨季、あとの半分は乾季《かんき》だ。乾季はほとんど雨が降《ふ》らず、雨季にはほぼ毎日雨が降る。といっても日本の梅雨《つゆ》のような降り方ではなく、短時間、激《はげ》しく降って、すぐに上がってしまう。それが毎日つづく、ということだ。

船着き場には、何艘《なんそう》もの船が並んでいた。どれも木造《もくぞう》の小型船で、大きめのボート、といった感じだ。

「これに乗るの?」

未来《みく》は思わずいってしまった。

クルージングというので、おしゃれなヨットや、せめて遊覧船《ゆうらんせん》くらいの船を予想していたのだ。ところが、ここに並《なら》んでいる船は、帆《ほ》も張っていないし、屋根もない。どこかにもう少しおしゃれな船はないかと見渡《みわた》したが、みんなにたようなものだった。

「だいじょうぶかなあ」

おにいちゃんも少し心配そうだ。

「だいじょうぶですよ。万が一、転覆《てんぷく》しても、救命胴衣《どうい》も浮《う》き輪《わ》も、ちゃんと装備《そうび》してあります。観光客の方が命を落としたという話は、聞いたことがありません」

「転覆ならあるの?」

すかさずおにいちゃんが聞いた。

「そうですね。湖の真ん中でスコールにあうとか、大幅《おおはば》に重量オーバーとか、よほど運が悪ければ、たまには事故《じこ》もあるでしょうね。でも、それも、湖の中ほどまで漁に出る人達《ひとたち》の話で、観光クルージングは、岸から少しはなれる程度《ていど》です。危険《きけん》な場所に外国のお客さんをつれていきませんよ」

それでも未来《みく》は心配で、お母さんの腕《うで》をぎゅっとつかんだ。

どうも未来は、カンボジアに来てから、怖《こわ》がりになってしまったようだ。

「だいじょうぶよ。お母さんも初めてだけど、気持ちよさそうじゃない」

並《なら》んだボートの舳先《へさき》に、地元のおじさんやおにいさんが立ち上がって、「こっち、こっち」というように手まねきしている。

操縦《そうじゅう》する人たちの多くは漁師《りょうし》で、ここで漁をしながら、空いた時間に観光客を案内するのだという。

トーンおじさんは、なるべく大きめで、幌《ほろ》のついたボートを選んで、みんなを乗り込《こ》ませた。ブウォーン、バタバタバタ、と勢《いきお》いよく発動機の音が響《ひび》いて、ボートは滑《すべ》り出した。

ゆれも少なく、心配したよりずっと快適《かいてき》だ。

湿《しめ》り気《け》をおびた風が、ほてった体に気持ちいい。

十分もしないうちに、岸はずっと遠くなった。

未来《みく》はすっかり湖上の人だ。

ボートはスピードを落として、水面をふわりふわりとただよいながら、ゆっくりとすすんだ。

広い湖面にぽつりぽつりと、ボートが浮《う》かんでいる。

外国人の乗ったボートから、いきなりシャツを脱《ぬ》いで、そのまま湖へ飛《と》び込《こ》む人がいた。

飛び込むというより、ボートのふちから、ぽしゃりと水に落ちたような動きだった。

「あーっ」

「えーっ？」

未来と麻衣《まい》ちゃんが、同時に声をあげた。思わず二人で顔を見合わせたが、シナットさんもトーンおじさんも、大人たちはみんな、平然としている。

「この辺には海がないので、みんな、川や湖で泳ぐんです。泳ぎたかったら入ってもいいですよ」

シナットさんがいった。

「水着、持ってきてないし……」

未来《みく》がいうと、「えーっ」と麻衣《まい》ちゃんが笑った。

「水着があれば泳ぐつもり？」

「気持ちよさそうだけど、まさかね」

アハハ、と二人は肩《かた》をたたき合った。

「水着なんかみんな持っていませんよ。ぬれたままでも、すぐに乾《かわ》いてしまいます」

「へんな魚は、いない？　人食いザメみたいな凶暴《きょうぼう》なやつとか」

こんどはおにいちゃんが聞いた。

「そうねー、ワニならいるかもしれませんね」

「だめじゃん、それじゃ」

「アハハ、ワニはいますが、もっと岸に近くて、木のしげった方に行かないといません。お魚ではありませんからね」

シナットさんは愉快《ゆかい》そうに笑った。

「そうか！」

おにいちゃんが、またすっとんきょうな声をあげた。

「さっきの料理、ワニでしょう。ワニの肉、食べられるってきいたことあるよ」

「ワニの肉は食べられますが、さっきの料理はワニではありませんね」

「ヘビかな」

それまで黙《だま》っていた麻衣《まい》ちゃんのお父さんが、ぼそっといった。

「中国に仕事で行ったとき、白っぽいお肉がでたんですよ。淡白《たんぱく》な味で少しコリコリしていたので、イカかと思ったんですが、あとでヘビだと聞いて、あわてましたよ」

「やだー、だったらいますぐ、はきだしたい！」

未来《みく》は何よりヘビが苦手だ。そんなものが胃《い》の中に入ってると思うだけで、ぞわぞわとじんましんが出そうだ。

麻衣ちゃんはあからさまに顔をしかめて、お父さんの腕《うで》をたたいた。

「お父さんたら、初めてのものとか、なんだかわからないものを食べると、いつもそういうんです。やめてよね」

「ヘビでもありません。食べるものがないときは、貴重《きちょう》な蛋白源《たんぱくげん》として焼いたりスープにして飲んだりしたそうですが、今では普段《ふだん》は食べません」

未来《みく》は、ゆうべのお母さんとトーンおじさんの話を思い出して、ちらっとお母さんの顔を見た。お母さんは昔を思い出しているのか、じっと、遠くの岸辺に目をやっていた。

「ちょっとひと休みしましょう。水上売店です」

シナットさんが水上売店といったところは、ゴムタイヤを並《なら》べた上に板をしいて、柱と屋根をつけた、巨大《きょだい》ないかだだった。

それでも二階建てになっていて、せまい二階は展望台《てんぼうだい》になっているという。湖なので波はないが、観光客を乗せたボートが、小さい波を起こす。それがぶつかり合うと、白いしぶきをあげて、不規則《ふきそく》な波が行き来した。

手すりにつかまりながらボートを降《お》り、巨大《きょだい》いかだに乗り移《うつ》る。

一階には、ジュースや水の入った冷蔵庫《れいぞうこ》と、木の丸椅子《まるいす》がいくつか置かれていた。あとは、シルク製品《せいひん》や木の彫《ほ》り物などの、みやげ物が並《なら》んでいる。

圧巻《あっかん》はなんといっても、ワニの皮を使った商品だ。ワニ皮のバッグやさいふ、ベルトなどが並んだその奥《おく》に、ワニ皮のジャケットが、ハンガーにかかって下がっていた。

こんな服を着る人が、ほんとうにいるのかと思ったが、高級品で、愛用する人もいるのだという。

「ほら、クイズの答えがいますよ」

シナットさんが呼《よ》ぶので、階段《かいだん》を数段《すうだん》上がって中二階のようなところに行くと、大きな水槽《すいそう》があった。そこだけ床《ゆか》が切り取られて、掘りごたつのように沈《しず》み込《こ》んでいる。水槽というより、小さなプールだ。

「やっぱりワニだよ」

おにいちゃんがさけんだ。

浅い水の真ん中に、ワニが一匹《ぴき》、牢名主《ろうなぬし》のようにうずくまっている。

「ワニがまん中でいばってますが、ほかにもいるでしょう」

ほかには名前のわからない魚が数匹《すうひき》、ひらひらと元気なく泳いでいる。

「これでもありません」

目を凝《こ》らしてみると、水槽のすみに、ワニににらまれておびえるように、じっとしている物体が数匹、いた。うす暗くてよく見えないが、黒くて丸々と太っている。

「なに?」

麻衣《まい》ちゃんに聞くと、麻衣ちゃんも首をかしげた。

「なまず?」

おにいちゃんがいうと、シナットさんは笑って首を振《ふ》った。

「ライギョ、ですか」

となりにいた麻衣ちゃんのお父さんがいった。

「はい、正解《せいかい》です」

「ライギョ?」

「英語ではスネークヘッドといいますね。ドジョウやウナギが太ったような形をしていて、頭にヘビのような模様《もよう》があるからだそうです。でも、れっきとしたお魚ですよ」

「ウグ……」

ヘビよりずっとましだが、こちらも微妙《びみょう》だ。味はおいしかったのに……。

「ライギョは、日本にはあまりいないようですね。暑い国の魚らしいですが、カンボジアではよく食べます。味は淡白《たんぱく》でおいしいし、肉厚《にくあつ》で調理もしやすいそうですよ」

二階は、展望台《てんぼうだい》とは名ばかりの、せまいスペースを板で囲っただけの場所だった。それでも、ボートにすわっているときよりはずっと目線が高く、視界《しかい》も開けた。

広々とした湖面のところどころに、マングローブの林が、島のようなしげみを作っている。

クルージングボートや遊覧船《ゆうらんせん》が、何艘《なんそう》も停泊《ていはく》して、ゆらゆらとたゆたっていた。

はるか遠くから、大きな遊覧船がぐんぐんと近づいてきた。細長い流線型で、新幹線《しんかんせん》の先頭車両のようだ。

「あれ、かっこいい」

「すごく速いね」

未来《みく》と麻衣《まい》ちゃんのうしろで、シナットさんがいう。

「あれはスピードボートです。トンレサップ川を下って、シェムリアップとプノンペンを、六時間くらいでつないでいます。水上交通ですよ。観光客の方がよく利用しています」

未来たちも、シェムリアップに三泊《ぱく》したら、プノンペンに移動《いどう》する予定だ。

「いいな、乗ってみたい」

「天気が良ければ気持ちいいですが、スコールでも来たら、けっこうゆれます。船酔《ふなよ》いする人もいるそうですよ」

「あ、じゃあ、だめかも」

「不思議とヨーロッパのお客さんはあれに乗ります。めずらしいんでしょうかね。日本の方は国内線の飛行機か、長距離《ちょうきょり》バスが多いです」

「あっちはなに？」

おにいちゃんが指さした。

回れ右をして反対側に目を向けると、岸辺に、バラック小屋のようなものが密集《みっしゅう》している。小屋の周囲には、いかだやボートがぎっしりつないである。

「水上生活者の住居《じゅうきょ》ですよ」

シナットさんがいう。

「住居《じゅうきょ》って、あそこに住んでるってこと？」

住居といっても、いかだの上に板囲いと屋根を乗せたような造《つく》りで、ふわふわとゆれている。湖が穏《おだ》やかな日はいいが、激《はげ》しいスコールや嵐《あらし》の日は家は大ゆれで、そのたびに床《ゆか》上浸水《うえしんすい》だ。それでも、そんなことは日常茶飯事《にちじょうさはんじ》で、水が引けばすぐに乾《かわ》くと、楽観して暮《く》らしている。

「学校もあるんですよ」

シナットさんが指さした先には、青とクリーム色に塗《ぬ》られた、大きな水上小屋があった。

水上生活者の子どもたちが通う、小学校だということだった。

「カンボジアは日本よりずっと貧《まず》しい国です。都市と農村の、貧富《ひんぷ》の差も激《はげ》しいです。でも、もっと貧しくて、陸に家を持つことができない人たちが、ここで水上生活をしています。魚や浮草《うきくさ》をとって食べ、その日暮らしをしているんです。ベトナムからの移民《いみん》の人が多いと聞いています」

国の区別とか、国の境《さかい》はどこにあるのだろう。

三十年以上も前、お母さんは、国境《こっきょう》を越《こ》えて難民《なんみん》になった。いまは日本人と結婚《けっこん》し、パスポートを持って、自分の生まれた国に来ている。

未来《みく》は、お母さんが越えてきた見えない壁《かべ》の高さに、はじめて思いをめぐらせた。

6 放浪《ほうろう》の日々

その日の夜も、ミーティングだった。

食事をしてそれぞれの部屋に分かれる前に、明日の予定を確認《かくにん》して、みんなで少し、話をしようというのだ。

だけど、未来《みく》はあまり、気がのらなかった。

また、お母さんのつらい思い出を、聞かなければいけないのだろうか。

「お前はいいよ。どうせ、なにがあっても、ぐっすりなんだから」

おにいちゃんが、冗談《じょうだん》とも本気ともつかない様子で、いった。

「おにいちゃんはゆうべ、眠《ねむ》れなかったの？」

「ぼくはこう見えて、けっこう繊細《せんさい》なんだぞ。知らないのか」

「知ってる」

おにいちゃんはときどき、強がったり、わざと乱暴《らんぼう》なふりをしたりするけれど、本当は、すごくまじめで優《やさ》しいのだ。

「今夜もお母さんがお話しするのかな」

未来《みく》は、お母さんの気持ちのほうが心配だった。

「今夜は麻衣《まい》ちゃんのお母さんだって」

そうだ。麻衣ちゃんのお母さんも、子どものとき、戦争《せんそう》に巻《ま》き込《こ》まれたのだ。

おじさんの部屋に集まると、今夜もトーンおじさんが口火を切った。

昼間の観光はシナットさん、夜のお話会はトーンおじさんと、担当《たんとう》が決まっているらしい。

「明日は町のレストランで、カンボジアの伝統的《でんとうてき》な歌と踊《おど》りのショーを見ながら、ゆっくり、ディナーを楽しみます。つらい話は今夜で終わりですから、しっかり聞いてください」

それから、麻衣ちゃんのお母さんに「よろしく」といった。

麻衣《まい》ちゃんのお母さんは、軽くおじぎをして、話しはじめた。

宮沢《みやざわ》スレイニャンです。

日本ではあまりなじみのない発音らしく、最初のころは、名前を名乗るだけでずいぶん笑われました。なので、普段《ふだん》は、宮沢《みやざわ》スレイといっています。

みなさんのことは、トーンさんのお店で見かけたことがあります。でも、ちゃんとお話しするのははじめてですね。

わたしも、娘《むすめ》の麻衣に、わたしの子ども時代のことを、きちんと話しておかなければ、と思っていました。でも、家で向き合って話すと感情的《かんじょうてき》になりそうで、今まで、ちゃんと話したことはありません。

娘が、あの時のわたしと同じ年齢《ねんれい》になったので、夫とも相談して、この地で話そうと決めたんです。

あのとき、わたしは十二歳《さい》でした。

トーンさんとマオランさんは、プノンペンから東に歩いたということですが、わたしはプノンペンの西の地区に住んでいましたので、そのまま、大通りを西に進みました。行き先は自分たちでは決められません。兵士が銃《じゅう》を持って追い立てるのですから、ひたすら先へ先へと、進むしかありませんでした。

でも、兵士といっても、もともとの軍人ではなかったようです。

ポルポト軍は勢いを増《ま》すにつれて、新しい兵士をどんどん採用《さいよう》しました。軍に仕事や農地を奪《うば》われて、しかたなく兵士になった人もいました。食事が配給されると聞いて、それだけで入隊した人もいたそうです。

見るからに、わたしとあまり年恰好《としかっこう》の変わらないような、子どもの兵士もたくさんいました。

そういう兵士たちは、軍のいいなりにはなっても、まだ、住民への遠慮《えんりょ》や同情《どうじょう》はあったのでしょう。兵士によって、対応《たいおう》もまちまちでした。

わたしたちの地域《ちいき》を回ってきた若《わか》い兵士は、いきなりなぐったり銃を撃《う》つような、乱《らん》暴《ぼう》なことはしませんでした。

「今日中に出ていってください。すぐもどれますから」

と、すまなそうにいって、家々を回りました。

わたしたち家族にとっては、今すぐ、といわれなかったのはせめてもの幸いでした。というのも、わたしの家族は親子五人と祖母《そぼ》でした。祖母は体の具合が悪く、ほとんど寝《ね》たきりの生活をしていました。すぐに出ていけといわれても、そんなにすばやく行動できなかったのです。

それでも、まもなく、通りに人の波ができ始めたので、わたしたちもあわただしく出発しました。父が祖母を背負《せお》い、まだ三歳《さい》だった弟を、母がおぶいました。わたしは五歳の妹の手を引いて、二人で歩きました。

少し行くと、近くに住んでいた男の子と会いました。

その子のお父さんは、若《わか》いころ日本で仕事をしていたそうで、お母さんは日本人でした。

日本人なら、申し出れば国外追放してもらえるのではないかと、大人たちが話していたのを覚えています。でも、当の本人は、「子どもたちを置いてはいけません」と、おさない二人の子どもを、両脇《りょうわき》に抱《かか》えて歩いていました。

当時のカンボジアでは、国際結婚《こくさいけっこん》はまだ、めずらしいことでした。しかも、フランス人やアメリカ人ならときどき見かけましたが、日本人はほとんどいません。夫の国とはいえ、なじみのないカンボジアで暮《く》らすのは、どんなに心細かったことでしょう。当時はそんなことはわからず、日本から来た人、としか思っていませんでしたが、いまならよくわかります。

ましてや、英語はお上手でしたが、現地《げんち》のクメール語は、あまりしゃべれないようでした。夫や子どもとはなればなれになって、一人だけ日本に強制送還《きょうせいそうかん》されるのは、もっともっと、心細いことだったのかもしれません。

わたしの両親はとても心配して、しばらくいっしょに歩きました。

「ずっといっしょに行きましょう。知り合いがいたほうが、おたがい、心強いですから」

母は、そういっていました。

道は途中《とちゅう》から南に折れ、町を南下する格好《かっこう》になります。その大道りを、前へ、前への大行進です。どこへ行くのかだれにもわかりません。ただただ力づくで追い立てられ、前に進むしかありませんでした。

横道から、次から次へと人がわくようにあふれ、大通りは人の波でごった返していました。乗りすてられた車や、運びきれない荷物、家具や食料やお札までが散乱《さんらん》し、まるで、爆撃《ばくげき》を受けたあとのようです。

道の途中に病院がありました。そこも無理やり追い出されたようで、松葉づえをついた人や、点滴《てんてき》をさした人までが、看護師《かんごし》さんやお医者さんにつきそわれて歩いていました。

それはもう、たいへんな混雑《こんざつ》で、歩こうにもまっすぐ歩けないほどです。子どもたちはもみくちゃでした。

わたしは妹とはぐれないよう、しっかりと妹の手を握《にぎ》って歩きました。

妹が、「いたい」といって泣き出したのも、一度や二度ではありません。でもそのたびに、しかって、また強く握りました。まだ五歳《さい》でしたからかわいそうでしたが、そのときは、やさしくなだめる余裕《よゆう》など、ありませんでした。

そんな矢先、さらに衝撃的《しょうげきてき》なことが起きました。

日も、だいぶ西に傾《かたむ》いたころでした。

朝から歩き通しで、大人も子どもも、みんなフラフラになっていました。

遠くから、けたたましいクラクションの音が響《ひび》き、軍のジープが、すさまじいスピードで走ってきたのです。うしろにはまだ数台、連なっていました。

わたしたちはそろそろプノンペンを出て、となりの町へ入るころでしたから、ジープは、プノンペンの軍本部にでも向かっていたのでしょうか。

みんなが往来《おうらい》を歩いているのもかまわず突《つ》っ走り、あわててよける人たちがよろめいたり倒《たお》れたりするのを、楽しんでいるかのようでした。

ジープには数人の兵士が乗っていました。あわてふためく住民の姿《すがた》を見て、奇声《きせい》を上げて喜ぶその兵士の顔を、わたしは今でも忘《わす》れることができません。

みんな、空爆《くうばく》でも受けたかのように逃《に》げまどい、あたりは騒然《そうぜん》としました。

「逃《に》げなさい！」

母の叫《さけ》び声が聞こえたので、わたしは妹の手を引いて、路地に逃げこみました。

しばらく必死で走りつづけ、ふっと我《われ》にかえると、妹がいません。つないだ手の感《かん》触《しょく》は残っているのに、妹の姿《すがた》はどこにも見当たらないのです。

わたしは、狂《くる》ったように、妹を探《さが》し回りました。

そのうち辺りは暗くなって、路地には人の姿もなくなりました。

大通りにもどってみましたが、放心したようにしゃがみ込《こ》む人や、けがをして動けなくなっている人で、道ばたは埋《う》めつくされています。

一人ひとりの顔をのぞき込むように、ひたすら家族を探しましたが、だれ一人見つかりません。

このとき、やっとわたしは気づいたのです。はぐれたのは妹ではなく、わたしでした。わたしが迷子《まいご》になった場所にじっとしていれば、あるいは家族のだれかが探しに来てくれたかもしれません。でも、わたしは取り乱《みだ》し、狂ったように、方向も分からないまま、妹を探して走り回ってしまいました。

そうしているうちに、ますます家族とはなればなれになり、わたし一人が、どこにいるのか、わからなくなってしまったのです。

わたしはたった一人で、家族とはぐれてしまいました。

このときから、わたしは家族の姿《すがた》を見ていません。

そのあとのわたしは、文字通りの、ストリートチルドレンでした。兵士の姿が見えないところに逃《に》げ込《こ》んでは、建物のかげや、草むらの中で眠《ねむ》りました。だれかが食べ残した食料を見つけては食べ、木の実や、畑の野菜くずをひろっては食べました。

いつか家族に会える。両親も、自分のことを探《さが》しつづけているはずだ。そう思って、わたしは必死で、一日一日を生きていました。

声をかけてくれる人も、たまにはいました。

「ここにいなさい」と、いってくれた親切なおばあさんもいました。でも、数日お世話になると、もう、いてもたってもいられなくなって、こっそりそこをぬけだしたのです。

プノンペン市民は大変な目にあっているらしい、という話も耳に入りました。そのたびに、早く家族を見つけなければと、じっとしてはいられませんでした。

親とはぐれたり、目の前で親が殺された、という子どもにも会いました。同じ境遇《きょうぐう》の子どもたちから、「いっしょにいよう」といわれたこともありました。食べ物を手に入れるためにしばらくいっしょに寝泊《ねと》まりし、みんなで交代に物乞《ものご》いをしたりしました。でも、気づくとそこもぬけだし、一人で知らない街《まち》をさまよっているのです。

自分には家族を探《さが》す役目がある。こんなところで無意味にときを過《す》ごしているうちに、両親や妹たちが捕《つか》まってひどい目にあったら、取り返しがつかないことになる。と、その時もまだ、本気でそう思っていました。そうとでも思わないと、生きていく気持ちが保《たも》てませんでした。

荷物の少ない荷車が来れば、こっそり荷台にもぐり込《こ》み、止まっていた貨物列車に忍《しの》び込んで、そのまま一日、運ばれたこともありました。

どのくらいの月日がたったでしょう。数か月か半年か、あるいは一年近くが過ぎていたかもしれません。

プノンペンの町からはとっくに出ていたはずですが、もどるのは危険《きけん》だということだけはわかりました。

もう、家族に会えるという期待は、ほとんどありませんでした。そんなことを考える気力もなくなっていました。

でも、同じ場所にとどまっていたら、いつか軍隊に捕《つか》まって殺されてしまうと思いました。だから、行く当てもないまま、ただひたすら移動《いどう》しつづけました。

そのうちに、ポルポト兵の姿《すがた》をあまり見かけなくなりました。

カンボジアの南部、ベトナムとの国境《こっきょう》に近い地域《ちいき》にいるのではないかと感じました。くわしいことは何もわかりませんでしたが、当時、国の南部地域は、北部地域に比《くら》べたらずっと穏《おだ》やかで、軍の支配《しはい》もゆるかったのではないかと思います。人家の近くをうろついていると、孤児《こじ》になったわたしに声をかけてくれたり、食べ物を分けてくれる人もいました。

そうこうしているうちに、ある日、わたしはおなかをこわし、水ものどを通らなくなりました。やせ衰《おとろ》えて、とうとう、歩くこともできなくなっていました。

たまたま見つけた、崩《くず》れかかった小屋の中で、うずくまるように丸まって寝《ね》ていると、いよいよわたしも、ここで死ぬのだ、と思いました。でも、もう、それでいいと思いました。疲《つか》れはて、これ以上、生きていく気力もありませんでした。

意識《いしき》ももうろうとし、うとうとしていると、ガサガサと草を踏《ふ》みしだく音がします。聞いたことのない言葉を話しながら、数人の大人たちがやってきました。

外国の軍隊が、わたしを捕《つか》まえに来たと思いました。

とうとう見つかってしまった。ここで殺されるのだ、と思いました。

でも、できることなら、なるべく苦しまないよう、このまま静かに死にたいと、妙《みょう》に冷静に願っていたのを覚えています。

名前と年齢《ねんれい》を聞かれたので、ぶっきらぼうに答えると、その人たちは、わたしを抱《だ》きかかえて車に乗せました。そして、しばらく走ると、宿舎《しゅくしゃ》のようなところに連れていきました。

それから、女性《じょせい》のスタッフが来て、わたしの体を洗《あら》い、衣服を着替《きが》えさせて、温かいスープをくれたのです。

乱暴《らんぼう》なそぶりはありませんでしたが、わたしはその人たちのことを、まだ信用できませんでした。ですから、このスープには毒が入っているのだろう、と思いました。そうして殺されるのだと。

温かいスープなど、もう長いこと口にしていません。毒入りでもいいから、スープを飲みたいと思いました。

でも、スープに毒は入っていませんでした。それどころか、毎日、温かい食事を出してくれたのです。そして、わたしの体力が少し回復《かいふく》すると、こんどはジープで一昼夜走りました。

到着《とうちゃく》したのは、ベトナムにある、ストリートチルドレンの保護施設《ほごしせつ》でした。そこには、ベトナムやカンボジアの戦災孤児《せんさいこじ》たちが、たくさん保護されていました。十二歳《さい》のわたしは大きい方で、もっと小さい子や、まだ赤ちゃんのような子どもまでいました。

ここにきてようやくわたしは、殺されずにすんだ、と思いました。

助かったのだ、と。

わたしを、ここまで連れてきてくれた女性《じょせい》は、日本人でした。国連のスタッフとして、カンボジアに派遣《はけん》されていたということでした。

わたしは国連と、その日本人女性のおかげで、幸運にも、餓死《がし》する直前に救われたのです。

そこで一年間ほど、小さい子どもたちの面倒《めんどう》をみて、暮《く》らしました。カンボジアの状況《じょうきょう》はますますひどくなり、家族が生きている見込《みこ》みはもはや、ありませんでした。そこでわたしは、助けてくれた日本人女性のはからいで、難民《なんみん》として日本にやってきたのです。

日本に来てからも、ずいぶんいろいろな人に尋《たず》ねて、家族の消息を調べましたが、手《て》掛《が》かりは全くつかめませんでした。

わたしはひとり、迷子《まいご》になったおかげで、強制《きょうせい》労働にも行かずにすみました。いつ死んでもいい、と失望したこともありましたが、発見されて保護《ほご》されました。でも、家族はみんな、強制労働に行かされ、つらい目にあったのでしょう。あるいは、早いうちに捕《つか》まって、殺されてしまったのかもしれません。

父は、市の出張所《しゅっちょうじょ》で働く公務員《こうむいん》でした。まじめで物静かな人でしたが、メガネをかけていました。

当時は、公務員やメガネをかけている人は、皆殺《みなごろ》しだったと、あとで聞きました。父は、殺される理由を二つも持っていたことになります。

収容所《しゅうようじょ》に連れていかれ、拷問《ごうもん》を受けて、亡《な》くなったのだろうと思います。

あのころは、考える時間も余裕《よゆう》もなく、ただいわれるがまま、軍に振《ふ》り回《まわ》されて逃《に》げつづけるだけの、わけのわからない時代でした。思い返すだけで、胸《むね》がしめつけられます。


麻衣《まい》ちゃんのお母さんが、何かを探《さが》すような遠い目をして、言葉をとめた。

麻衣ちゃんはお父さんの腕《うで》にしがみついて、目を見開いたまま、まばたきもせずに茫然《ぼうぜん》としていた。

未来《みく》のお母さんやトーンおじさんは、家族そろって逃げたものの、けっきょくはバラバラにされてしまった。

でも、麻衣ちゃんのお母さんのように、早い時期に家族がバラバラになってしまい、その後の消息は全く分からない人もいる。

どちらも、大変な思いと経験《けいけん》を強《し》いられたことに違《ちが》いはない。

そういう境遇《きょうぐう》になってしまった人たちを救うのが、国の役目ではないかと、未来は思う。それなのに、国がわざわざ、そういう人を大量に生み出してしまうのは、どういうことだろう。

　トーンおじさんがいった。

「スレイニャンさんの話にもありましたが、日本人で、ポルポトの恐怖政治《きょうふせいじ》に巻《ま》き込《こ》まれた人もいます。当時、プノンペンを追われた日本人は、確認《かくにん》されているだけでも七、八人はいたそうです。でも、その後の消息がわかっているのは、無事に日本に帰ってきた二人だけで、あとの人はわかりません」

　カンボジアでは、ポルポトが政権《せいけん》をにぎった四年たらずの間に、二百万とも三百万ともいわれる国民が、命を落としている。拷問《ごうもん》や虐殺《ぎゃくさつ》のほか、飢《う》えや、栄養失調によるものも多かったという。

「当時のカンボジア国民は、七百万人あまりです。およそ四人に一人が亡《な》くなったことになります。生き残った人も多くが国を脱出《だっしゅつ》し、難民《なんみん》となりました。わたしやマオランがいた、タイのカオイダン難民キャンプからは、およそ四千人が日本に来て、今も日本で暮《く》らしています」

その四千人の一人ひとりに、たいへんな出来事があり、奇跡的《きせきてき》な出会いがあって、いまがある。

当たり前のように過《す》ごしている一日一日が、当たり前でなかった人たちが、自分のすぐ目の前に、いた。

7 眠《ねむ》れる森の宮殿《きゅうでん》

バスは、幹線《かんせん》道路を折れて、郊外《こうがい》の農村地域《ちいき》に入っていく。舗装《ほそう》はとぎれ、ガタガタとゆれながら、砂煙《すなけむり》をあげて進んだ。広々とつづく田園風景のところどころに、すっくと立ちあがるパームヤシ。水をたたえたみどりの地平に、ちょんちょんと黒っぽいたて線模様《もよう》が入っている。

写真で見たことがある、と未来《みく》は思う。

真《ま》っ青《さお》に晴れ上がった空と、たなびく白い雲。アジアの田園風景が、どこまでもつづいていた。

ときどき急に、バナナのしげみが、車窓《しゃそう》の景色をさえぎる。すると、しげみの向こう側には、高床式《たかゆかしき》の家が数軒《すうけん》ずつ寄《よ》せ集まって、建っていた。

家々の中ほどに空き地があって、井戸《いど》や、かまど小屋がある。床下《ゆかした》にゆれるハンモックと、はだしで走り回る子どもたちの姿《すがた》に、のどかで平穏《へいおん》な農村の生活が見える。

二十分ほど走ると、砂《すな》ぼこりの空き地で、バスは止まった。

「ここから先は歩きになります。降《お》りるときは、水たまりに気をつけてくださいね」

広い空き地の駐車場《ちゅうしゃじょう》には、コンクリートどころか、砂利《じゃり》もシバも敷《し》かれていない。整地されていない地面には、大きなへこみがあちこちにある。そこにスコールの水がたまって、ますますデコボコを大きくしていた。

今日は、世界遺産《いさん》のアンコール遺跡《いせき》を見学する。

アンコール遺跡は、九世紀から十五世紀ごろまで、六百年もつづいたアンコール王朝の遺跡だ。

王が交代すると、新しい国王は新しい宮殿《きゅうでん》を建設《けんせつ》した。母親や妻《つま》が死ぬと、その棺《ひつぎ》を納《おさ》めるための寺院も建立《こんりゅう》した。そうしてこの地域《ちいき》には、つぎつぎと宮殿や寺院が建設され、遺《のこ》されている。

「全部まとめて〝アンコール遺跡群《いせきぐん》〟として、世界遺産《いさん》に登録されています。でも、一番古くて、とくに有名なのがアンコール・ワットなので、アンコール・ワットだけが世界遺産だと思っている人もいるようです」

シナットさんの言葉に、麻衣《まい》ちゃんのお父さんが、小さく手をあげた。

「正直でいいですね」

「もぅー、お父さんはいいから」

麻衣ちゃんが、また、お父さんの腕《うで》をはたいた。

「アンコール・ワットは一番古くて、形ももっとも美しい宮殿《きゅうでん》です。でも、一番大きいのはアンコール・トムという宮殿です。アンコール・トムは広大な敷地《しきち》の中に王宮や寺院が立ち並《なら》び、ひとつの町のようです。当時の王たちは、死んでからも、自分の魂《たましい》は生きつづけると考えていたので、宮殿の敷地内に自分の棺《ひつぎ》を納《おさ》める場所をつくりました。ですから、ここは宮殿であり、寺院でもあります。仏像《ぶつぞう》もたくさん残されています」

国際《こくさい》ガイドをめざしているシナットさんの説明は、わかりやすい。

夜のミーティングで、つらい時代の話を聞いた後には、とても穏《おだ》やかで優《やさ》しく響《ひび》く。

「とにかく広いですが、敷地内《しきちない》に車は入れませんから、今日は歩きますよ。アンコール・トムから行って、アンコール・ワットは午後に行きます。アンコール・ワットの上から眺《なが》める夕日は、世界一なんです」

入り口前の駐車場《ちゆうしやじよう》には、次から次へと、トゥクトゥクやシクロが集まってきていた。

トゥクトゥクは、バイクの後ろに荷台をつけて、人を乗せる乗り物。シクロは、自転車の前に車椅子《くるまいす》のような座席《ざせき》をつけた乗り物だ。

シクロは人力なので、運転手一人にお客さん一人か二人。スピードも緩《ゆる》やかで、何となく風情《ふぜい》がある。

屋根や座席を布《ぬの》やモールで飾《かざ》りつけたシクロやトゥクトゥクは、外国人観光客に人気の交通手段《しゆだん》だ。地元の人たちにとっても、低予算で始められる手軽な職業《しよくぎよう》として人気らしい。道路は思い思いに飾《かざ》りつけたシクロとトゥクトゥクがひしめき合っている。

木の長椅子《ながいす》をつけただけの質素《しつそ》なトゥクトゥクに、地元の人たちが、こぼれ落ちそうなほどぎゅうづめに乗り込《こ》んで、やってきた。

「見てー、麻衣《まい》ちゃん、あんなにたくさん乗ってる」

未来《みく》は麻衣《まい》ちゃんのことが気になっていた。ゆうべは眠れたのだろうか。

「ほんとだー。ぜったい、重量オーバーだね」

麻衣ちゃんも目を見張《みは》って、大声をだした。

「ゆうべはちゃんと眠れた？」

耳元でそっと聞くと、麻衣ちゃんも、ささやくように返事をして、にっこりした。

「うん、寝《ね》たよ。ありがと」

「こちらに並《なら》んでください。通行証《つうこうしょう》を作ってもらいますよ」

シナットさんがいった。

チケット販売所《はんばいじょ》で、顔写真つきの通行証を発行してもらう。

ずらりと並んだ窓口《まどぐち》のそれぞれに、長い列ができていた。アジアの人だけでなく、ヨーロッパからの観光客も多い。

ポラロイドカメラで顔写真を写し、写真の枠《わく》に貼《は》り込《こ》んで、日付けをスタンプする。

あっという間に、カラーコピーのような通行証ができあがった。

「半目になっちゃった」

「アハハ、わたしはどや顔してる」

麻衣《まい》ちゃんと未来《みく》は、通行証を見せあって笑った。

紙も印刷も悪いので、出来上がったばかりなのに、何年も前に作ったみたいだ。

パスケースがついて一人四十ドル。三日間、出入り自由のフリーパスだ。

「たっかいんじゃねー」

おにいちゃんがメモ帳で計算している。

「計算しなくたってわかるよ。アメリカドルは、だいたい一ドル百円、って聞いたじゃない」

未来がいうと、おにいちゃんは「ヘッ」というように、未来を見た。

「おおざっぱなやつだなあ。今日のレートで計算したんだよ。一ドル一一六・八円だから、四六七二円だ」

おにいちゃんは、シナットさんのアイパッドを指さして、いった。

「はい。ここに、その日のレートが出ています。たしかに、ほかのお店や、みやげ物の値《ね》段《だん》に比《くら》べたら、ちょっと高いですね」

シナットさんが、申《もう》し訳《わけ》なさそうな顔をした。

「シナットが気にすることないさ。カンボジアは、まだまだ、戦争前《せんそうまえ》の経済力《けいざいりょく》にもどっていないいんだ。観光産業は大きな収入源《しゅうにゅうげん》だからね。それに、ここの修復《しゅうふく》費用だけでも、かなりの額《がく》だろう。政府《せいふ》も頭を痛《いた》めてるんだろうよ」

トーンおじさんが、きゅうにカンボジア政府の味方をするようなことをいうので、未来《みく》は少し、複雑《ふくざつ》な気持ちになった。おじさんは、自分たちを守ってくれなかった国をうらんではいないのだろうか。

「内戦《ないせん》のとき、軍隊はここにキャンプをはりました。雨露《あめつゆ》をしのげるし、入り組んだ石造《いしづく》りの建物ですから、がんじょうで、隠《かく》れる場所も多かったのです。そのため、あちこち破《は》壊《かい》され、無残《むざん》な姿《すがた》になってしまいました。国も、世界中の支援《しえん》をいただいて修復作業を進めていますが、あまりに広大で規模《きぼ》が大きく、いくらやっても修復しきれません」

首から下げて、と、係の人が身振《みぶ》り手振《てぶ》りで指示《しじ》している。

「一回入るだけなら二十ドルです。写真もいりません。でも、アンコールにある、いくつもの遺跡《いせき》に共通のスリーデイズ・パスですから、お得だと思いますよ。今日はお昼にいったんホテルに帰って、休憩《きゅうけい》してから午後、また来ます。明日の朝も、晴れそうだったら、日の出を見に来ましょう。なくさないようにしてください」

「さあ、真夏のハイキングです。広いですよ。暑くなりそうなので、十分気をつけて、覚悟《かくご》していきましょうね」

おじさんがおどすので、みんなあわてて、タオルを首にまいたり、帽子《ぼうし》と水をかばんから出したりした。

「暑くても雨よりいいです。スコールが来たら足元が危《あぶ》ないし、夕方は、アンコール・ワットの上から、世界一の夕焼けを見たいですからね。このまま晴れてることを祈《いの》りましょう」

十五世紀の半ばまで、アンコールは、世界に誇《ほこ》る大都市だった。最も栄えた十二世紀ごろには、インドシナ半島のほぼ全域を支配する大王朝だったという。

シナットさんがいう。

「でも、繁栄《はんえい》を極《きわ》めたアンコール王朝も、十五世紀の半ばになると急速に衰退《すいたい》して、滅亡《めつぼう》しました。それから数百年の間は、修行僧《しゅぎょうそう》がたずねてくる以外はおとずれる人もなく、うっそうとした熱帯の森に、のみこまれていったんです」

十九世紀の半ばになって、フランスの研究者がはじめて全貌《ぜんぼう》を明らかにし、世界中の称賛《しょうさん》を集めたのだそうだ。

「ねむり姫《ひめ》みたい」

ディズニー映画《えいが》で見た『眠《ねむ》れる森の美女』の話を思い出していると、また、おにいちゃんがちゃかした。

「姫より、おまえは、魔法使《まほうつか》いのおばあさんだろ」

「もうー！」

おにいちゃんの背中《せなか》をはたこうと思ったら、おにいちゃんはさっとよけた。

「ねむり姫は百年だけど、ここはもっと長いよ」

さすが、麻衣《まい》ちゃんは六年生だ。

「そうです。四百年もの間、この宮殿《きゅうでん》は森に包まれて眠《ねむ》りつづけていました。本当に神《しん》秘《ぴ》の宮殿です。姫はいませんが、女神《めがみ》の仏像《ぶつぞう》や彫刻《ちょうこく》は、たくさんあります。崩《くず》れかかった廃墟《はいきょ》の宮殿は、日本の有名なアニメ映画《えいが》のモデルになったともいわれていますよ」

「え、なに、なに」

「行ってみたらわかります」

「えー、またクイズー」

「自分で見て確《たし》かめた方が、楽しいでしょう」

シナットさんが、みんなに日本語のプリントを配った。

〈アンコールガイド・シナットメモ〉とある。

「和平《わへい》くんの自由研究の参考になれば、と思って、つくってみました」

手書きの見取り図まで入っている。

「すごーい、レポートといっしょに提出《ていしゅつ》していい？」

おにいちゃんはガイドブックと見比《みくら》べながら、感激《かんげき》している。

「ガイドブックより、ずっとわかりやすいよ」

未来《みく》ものぞきこんでいうと、

「それはどうもありがとう。本当は記憶《きおく》だけでは不安だったので、メモにしてみたんですよ。じゃあ、ここ、読んでもらおうかな」

未来《みく》は声をあげたのを軽く後悔《こうかい》しながら、しどろもどろで読み上げた。

――アンコール・トムは、周囲十二キロメートルの広大な敷地《しきち》を、高さ八メートルの城《じょう》壁《へき》が囲んでいます。石で組み上げた城壁は、いまも頑丈《がんじょう》でびくともしません。でも、壁《かべ》を貫《つらぬ》くアーチ形の門は、宮殿《きゅうでん》の大きさに比《くら》べると驚《おどろ》くほど狭《せま》く、両手をひろげれば、左右の壁に届《とど》きそうです。

アーチ形の門をくぐって、敷地内に入る。

「車が入れないわけがわかったでしょう。保存《ほぞん》のためだけでなく、実際《じっさい》に、車がすれ違《ちが》えるほどの幅《はば》がないんです。作られたときは、乗り物は象ですからね」

当時、身分の高い人たちの移動手段《いどうしゅだん》は、象だった。象の背中《せなか》に座席《ざせき》を乗せて、そこに着《き》飾《かざ》った人がすわったのだという。たて長で、高さはかなりあった。

「ほら、今でも象に乗る人がいますよ」

シナットさんが後ろを指さした。

赤い布《ぬの》をかけられた象が、背中に四角い荷台を乗せて、数人の人を運んでいる。観光用に訓練を受けた象で、ふだんは、地元の人もほとんど乗らないということだった。

門をぬけると、正面に、バイヨン寺院がそびえている。

シナットさんにうながされて、こんどは麻衣《まい》ちゃんが読み上げた。

――バイヨン寺院は広大な敷地《しきち》の中央に位置し、聖域《せいいき》とされています。これに守られるように、その後方、北側に王宮があります。

寺院の頂上《ちょうじょう》付近には、巨大《きょだい》な石の浮《う》き彫《ぼ》りがほほ笑《え》んでいた。

「観音菩薩《かんのんぼさつ》です。日本のお寺でもよく見る、観音様のお仲間ですね」

王宮の長い回廊《かいろう》には、壁《かべ》一面に、浮き彫りがほどこされていた。

仏教《ぶっきょう》の経典《きょうてん》を表したもので、回廊全体が絵巻物《えまきもの》のように、物語になっているのだそうだ。だが、未来《みく》にはまったくわからない。

「ほら、未来ちゃん、これ見て」

麻衣ちゃんが指さしたのは、王の前で力自慢《ちからじまん》をしている従者《じゅうしゃ》たちのレリーフだった。

「綱引《つなひ》きしているみたいだね。みんな笑ってる」

よくよく見れば、一人ひとりの表情《ひょうじょう》も豊《ゆた》かで、それぞれが生き生きとしている。

どれほどの手間と時間をかけて、これを彫《ほ》り上げたのだろうか。ため息が出るほどの長

い回廊《かいろう》に、繊細《せんさい》なレリーフがどこまでもつづいている。

回廊を回って東門をぬけると、その先には、タ・プロム寺院がある。

〈シナットメモ〉によると、アンコール・トムを建設《けんせつ》した七代目の王が、母親が亡《な》くなったときに、冥福《めいふく》をいのって供養《くよう》するために建立《こんりゅう》したものだ。

「不思議なお寺です。形がユニークなので、旅番組や観光パンフレットなどでもよく紹《しょう》介《かい》されています。みなさんも、きっとどこかで、見たことがあると思いますよ」

森の中の小道をしばらく行くと、いきなり森がひらけ、目の前に、石の建造物《けんぞうぶつ》があらわれた。

巨大《きょだい》なガジュマルの木々が、石と石のすき間をぬって、根を張《は》りめぐらせている。

積み上げた石のかたまりが、ガジュマルの根に包まれ抱《だ》きかかえられて、崩《くず》れ落ちるのをふせいでもらっているようだ。

「ラピュタだ！」

おにいちゃんがさけんだ。

「ここを修復《しゅうふく》する話も出ているようですが、修復するには、この木の根をはずさないといけません。でも、この根をはずしたら、建物が一気に崩壊《ほうかい》してしまうのではないかということで、手がつけられない状態《じょうたい》なんです」

長いあいだ、人の手が入らなかった石造《いしづく》りの寺院は、廃墟《はいきょ》のような姿《すがた》で、木々に守られている。その独特《どくとく》な形を見ていると、石の建造物《けんぞうぶつ》も、木といっしょに息づいているように思えてくる。

「人の身勝手で、これまでさんざん、放《ほう》りっぱなしにしたり、戦火《せんか》を浴《あ》びせたりしたのです。今ごろになって修復《しゅうふく》だ、保存《ほぞん》だ、というので、ガジュマルも石たちも、怒《おこ》っているのかもしれませんね」

ホテルで昼食と休憩《きゅうけい》をしたのち、いよいよアンコール・ワットに向かう。

「アンコール・ワットは、西向きにできています。当時の人たちは、夕日を拝《おが》んで一日を感謝《かんしゃ》し、明日への希望をつないだのだそうです」

パームヤシやガジュマルの林をぬけると、道幅《みちはば》の広い、長い参道がある。

参道の両側には、広大な堀《ほり》が、豊《ゆた》かな水をたたえていた。

その水面に黒い姿《すがた》を映《うつ》して、真《ま》っ青《さお》な空の下、石の宮殿《きゆうでん》は一目では視界《しかい》に入りきらないほどの広がりを持って、南北にのびていた。

「ヒョオー」

「ホエー」

大人も子どもも、奇妙《きみよう》な感嘆《かんたん》の声をあげ、しばらくそこに足を止めた。

「日本では、寺院の参道は並木《なみき》や森に囲まれていることが多いですね。でもここは、国王の住居《じゆうきよ》も兼《か》ねた宮殿《きゆうでん》です。お城《しろ》のように、敷地《しきち》全体が堀《ほり》でぐるりと取り囲まれています。この堀が敵《てき》の侵入《しんにゆう》を防《ふせ》ぎ、生活用水の貯水池になり、水浴びやボートなどのあそび場にもなったのだそうです」

石畳《いしだたみ》の参道はでこぼこでいたみも激《はげ》しい。日本の大学の研究チームが修復《しゆうふく》にあたっているというが、あまりはかどっていないのが一目でわかる。

「気をつけてください。すべって転んだりしたら、水の中へドボーンですよ。昔は、両側に石の欄干《らんかん》があったのですが、内戦《ないせん》のときに壊《こわ》されたり、堀に落ちたりして、今はほとんど残っていません」

拾いあげて国立博物館などに展示《てんじ》されているものもあるが、かってに持ち去られて、ヨーロッパの骨董市《こっとういち》などで発見されるものも、あるのだそうだ。

石の回廊《かいろう》を回って、数々の彫刻《ちょうこく》やレリーフに圧倒《あっとう》され、それでもまだまだ見きれない。

「朝からずっとこれだぜ。どんだけー、だな」

おにいちゃんが額《ひたい》の汗《あせ》をぬぐいながらいう。

この時代の人たちの繁栄《はんえい》ぶりと、スケールの大きさが思われる。

中央付近に、ひときわ高い塔《とう》がそびえていた。

「中央塔の高さは六十五メートル。十五階建てのビルくらいです。今日はきっと、すばらしい夕焼けが見られますよ。さあ、登りましょう」

「えー、十五階まで登るの」

未来《みく》はもう、限界《げんかい》に近い。

「てっぺんまでは登れませんよ。それに、回廊《かいろう》を回って、もうだいぶ上まで来ています。あと一息ですよ」

はうように、石段《いしだん》を登る。

造《つく》りは頑丈《がんじょう》でも、長い年月、風雨にさらされて、石の表面はつるつるだ。明らかに危《き》険《けん》なところには、木の手すりや補助板《ほじょばん》がわたされている。

両手であちこちつかまりながら、一段一段、慎重《しんちょう》に足を運ぶ。

景色を見る余裕《よゆう》もなく、ひたすら足元に注意をはらって登りきると、突然《とつぜん》、石の広場に出た。三六〇度の眺望《ちょうぼう》が開ける。

見渡《みわた》す限《かぎ》りの田園風景だ。

こんもりとしげった熱帯性《ねったいせい》の林が、ところどころに点在《てんざい》している。

「あの森の中が、午前中に行ったアンコール・トムです。木々に隠《かく》れていますが、塔《とう》の先《せん》端《たん》が少しだけ見えるでしょう」

シナットさんが、石段《いしだん》に腰《こし》を下ろした。

未来《みく》は麻衣《まい》ちゃんといっしょに、そのとなりに座《すわ》った。おにいちゃんも反対どなりに腰を下ろした。

眼下《がんか》に広がる田園地帯は、四角く区切られて整地されている。緑色にさざめいて美しい水田もあるが、水田なのか畑なのか、それとも湿地帯《しっちたい》なのか、区別がつかないところも多い。

「地面がチェックだね」

未来《みく》が感激《かんげき》して声をあげる。

「それをいうなら碁盤《ごばん》の目でしょう。でも、ぽつぽつぬけてるのは、なに?」

麻衣《まい》ちゃんが聞く。

「休耕田《きゅうこうでん》ってこと?」

おにいちゃんは少し難《むずか》しい言葉を知っている。

「たがやす人手がないのか、それとも、地雷《じらい》の撤去《てっきょ》や遺骨収集《いこつしゅうしゅう》が進まない、立ち入り禁《きん》止区域《しくいき》かもしれませんね」

シナットさんがいった。

「人の手が入れば、耕作《こうさく》できる土地は、まだまだ膨大《ぼうだい》にあるんです。この国は、これからどんどん発展《はってん》しなければいけません」

ここまで登ってくると、太陽が近くに感じられる。

オレンジ色の大きな球体が、西の空をむらさき色に染《そ》めはじめた。

いまから六百年ほど前までは、水路が掘《ほ》られ、家と田畑が縦横《じゅうおう》に配置されて、東洋一、栄えた町だったのだ。

だが、国が滅亡《めつぼう》すると、町は密林《みつりん》に覆《おお》い隠《かく》され、しだいに人々からも忘《わす》れ去《さ》られていった。そして突然《とつぜん》、こんどは強引《ごういん》に、戦火《せんか》にさらされたのだ。

赤むらさきに染《そ》まる空を見ていると、戦火に包まれて、空までが真っ赤《まっか》に焦《こ》がされた光景が思いうかぶ。

大自然に同化したようなこの宮殿《きゅうでん》は、何百年もの間、静かにそこに居《い》つづけて、人間の行いを、すべて見つめてきたのだ。

雨季《うき》の薄雲《うすぐも》が、地平線をおおっている。

オレンジ色の球体は、輪郭《りんかく》をぼやけさせながら、薄雲の中に隠れていった。

「さあ、帰りましょう。太陽がすっかり沈《しず》んでしまったら、暗闇《くらやみ》になって帰れなくなります」

シナットさんの言葉に、未来《みく》は現実《げんじつ》に引きもどされた。

石段《いしだん》を下りて駐車場《ちゅうしゃじょう》にむかおうとすると、両手に、こぼれるほどスカーフを抱《かか》えた少

女が、よってきた。

「ニマイ、センエン」

右手でVサインをしながら、日本語でいう。

驚《おどろ》いて見ると、やっぱりカンボジアの少女だ。まだ十二、三歳《さい》くらいだろう。

自分の肩《かた》に商品のスカーフを一枚《いちまい》かけると、にっこり笑って「キレイ」といった。

「サンマイ、オーケー。サンマイ、センエン」

シナットさんはダメ、ダメ、というふうに手を振《ふ》って、何か話している。

「みなさん、気にしないで。おみやげなら、明日、マーケットに行きますから」

少し行くと、こんどはもっと小さい男の子がよってきた。

厚紙《あつがみ》で作ったそまつな箱を首から下げ、写真を二、三枚《まい》、手に持って、「どうですか？」というように見せてくる。人なつこい笑顔《えがお》に、思わずにっこりすると、すりよるようにそばによってきた。

箱の中には、写真なのか絵葉書《えはがき》なのかが、がさがさとむぞうさに入っていた。

印刷の色も悪いし、なにより、男の子の服も手足も、どろで汚《よご》れている。

未来《みく》は思わず後ずさった。

――きたない……。

言葉にはしないつもりが、つい口をついて出た。

おにいちゃんに、「おいっ」としかられた。

「こんなの、買う人いないよね」

未来はそっと麻衣《まい》ちゃんにいった。

麻衣ちゃんは未来の腕《うで》をとってうなずいた。それから、小声でいった。

「でも、お母さんも子どものとき、物売りとかした、っていってた」

――そうだ。うちのお母さんもいってた。

切ない気持ちになってうつむくと、なぜか目頭《めがしら》が熱くなった。

8　シナットの弟

翌朝《よくあさ》、ロビーに集まると、フロントで何か話していたトーンおじさんが、大声でシナットさんを呼《よ》んだ。

シナットさんは、おにいちゃんにぴったり張《は》りつかれ、アイパッドをのぞきながら、何やら話し込《こ》んでいる。

「おにいちゃん、シナットさん、呼ばれてるよ」

「シナット、お客さんだよ」

トーンおじさんが手招《てまね》きしている。シナットさんが振《ふ》り向《む》いて立ち上がると同時に、フロントから、少年が走って来た。

「チャンティー」

未来《みく》と麻衣《まい》ちゃんは顔を見合わせて、たがいに「だれ?」と聞いた。でも、知っているはずもない。

少年が来ると、みんな、自然に、シナットさんと少年を取り囲んだ。

「みなさんに紹介《しょうかい》します。弟のチャンティーです」

シナットさんがいうと、みんなが一斉《いっせい》に話しかけた。

「シナットさんの弟?」

「いくつ?」

「どうしてここにいるの?」

「学校は?」

やつぎばやに質問攻《しつもんぜ》めだ。

「みなさん、ひとつずつ聞いてあげてください。第一、チャンティーは日本語はわかりませんよ」

トーンおじさんが笑った。

チャンティーは十五歳《さい》。この夏、中学校を卒業したばかりだ。

カンボジアの学校は、十月から新学期で七月に修了《しゅうりょう》する。小学校の六年間と中学校の三年間が義務《ぎむ》教育だ。

学校に行けない子どももいるが、学校に行けても、夏休み中は、家の仕事をしたり、アルバイトをする子どもが多い。

「チャンティーは、シェフになりたいんです。いまはレストランで働き始めたところですが、秋になったら、高校に行きながら、働く予定です」

シナットさんが、今までになく、柔《やわ》らかい顔をしている。

「コンニチハ、チャンティー、デス」

「日本語、話せるの？」

おにいちゃんが聞いた。

「ゴアイサツ、ダケ……」

あとは、わからない言葉になってしまった。

「店にいろいろな国のお客さんが来るから、あいさつくらいできるように勉強している、といってます。チャンティーは、ゆうべ、みんなでディナーを食べたレストランで、働いているんです。手があいたら、みなさんにごあいさつにおいで、といったのですが、まだ下働きだから、お客さんの前には出してもらえなかったそうです」

シナットさんが笑った。

「接客《せっきゃく》する人と、料理を作る人と、見習い中の下働きでは制服《せいふく》も違《ちが》うので、こっそり店に出たら、すぐ見つかって、しかられるそうです」

「へー、きびしいんだね」

おにいちゃんは、自分とあまり年齢《ねんれい》の違《ちが》わない少年が、仕事をしながら学校に行くということに感心したようだ。

チャンティーは身振《みぶ》り手振りを入れて、しきりにシナットさんに話しかけている。

「シナットさんのこと、大好きなんだね」

未来《みく》がいうと、チャンティーは「ダイスキ」、と日本語で答えた。

お母さんがチャンティーの手を握《にぎ》って、未来にはわからない言葉で、何か話しかけた。

お母さんの目が、少しうるんでいる。

「なんて?」

トーンおじさんに聞くと、おじさんが通訳《つうやく》した。

「内戦《ないせん》で行方《ゆくえ》不明になった大きいにいさんが、ちょうどあなたくらいの年齢《ねんれい》でした。明るくて家族思いで、雰囲気《ふんいき》もよくにています。がんばってね、って」

今日は、午後の国内便で、いよいよお母さんの生まれた町、プノンペンにむかう。カンボジアの首都で、国一番の大都会だ。未来《みく》のお母さんとトーンおじさん、それに麻衣《まい》ちゃんのお母さんも、そこで生まれて、十年近くを過《す》ごした町だ。

飛行機の時間までは、大人と子ども、二手《ふたて》に分かれて行動することになっていた。

大人たちは、シェムリアップ州の役所に行って、内戦《ないせん》の犠牲者《ぎせいしゃ》の遺骨収集《いこつしゅうしゅう》についての話し合いをするのだそうだ。

トーンおじさんは、日本に来てからもずっと、現地《げんち》の役所や、生き残った人たちと定期的に連絡《れんらく》を取り合い、話し合いや情報交換《じょうほうこうかん》をつづけている。カンボジアに来るときは、州の役所にも出かけて、相談をしている。

自分たちの家族がどこでどう亡《な》くなったのか、いまはもう、知るよしもない。だがせめて、放置されたままの遺骨を調査《ちょうさ》して、身元を調べてほしい。身元が特定できなくても、国の責任《せきにん》で丁重《ていちょう》に埋葬《まいそう》して弔《とむら》ってほしい。その中には、自分たちの大切な両親や家族、友人たちもいるに違《ちが》いないから、とトーンおじさんはいう。

子どもたちは、シナットさんの案内で町を見物して、市場に行くことになっていた。お昼すぎに合流して、いっしょに昼食を食べてから、空港に向かう予定だ。

「チャンティーも今日は休みだから、空港まで、みなさんとごいっしょしたいといってます。いいですか？」

もちろん、大歓迎《だいかんげい》だ。

「じゃあ、一時にレストランを予約してあるから、そこで待ち合わせだ。子どもたちは、あまりシナットを困《こま》らせないようにね」

トーンおじさんがいうと、お母さんも麻衣《まい》ちゃんのお母さんも、

「よろしくお願いします」

と、頭を下げた。

「早くオールドマーケット、行こうよ」

さっそく、おにいちゃんが張《は》り切った。

「シェムリアップで一番、古くて大きな市場なんでしょ」

「そうですね。シェムリアップ市民の台所です。日用品やおみやげの店もあります。日本の大型スーパーのように建物の中にまとまってるのでなく、道路に面して、小さなお店がどこまでも並《なら》んでいるので、それはそれはにぎやかです」

「民芸品とか、おみやげやさんもある？」

未来《みく》はわくわくした。

「市場なんだから。商店街《しょうてんがい》がどこまでも広がっているんだよ。おみやげももちろん、よりどりみどりさ」

おにいちゃんがわがもの顔でいうので、シナットさんが笑った。

「その通りですよ。よく調べてるね」

「おにいちゃんって、調べ好きなの。ガイドブック抱《かか》えたまま、わたしには見せてもくれないの」

「だってこいつは、写真をパラパラ見るだけで、すぐ飽《あ》きちゃうんだから」

おにいちゃんが未来《みく》の肩《かた》をつついた。

シナットさんを先頭に、未来と麻衣《まい》ちゃん、チャンティーとおにいちゃん。生徒四人とつきそいの先生のようだ。

ほこりっぽい大通りを十分ほど歩くと、レストランが立ち並《なら》ぶ横道があらわれた。

「今いる大通りと、向こうの信号が見える大通りとに囲まれた地域《ちいき》が、すべてオールドマーケットです。路地が多くて迷路《めいろ》のようなので、迷子《まいご》にならないでくださいね」

シナットさんがいう。

大きな道路ぞいには、しゃれたレストランやカフェが並んでいる。

道の両脇《りょうわき》には街灯《がいとう》が立ち並び、三角の小旗もはためいている。

お客さんを待つシクロやトゥクトゥクが道端《みちばた》を埋《う》めつくし、まっすぐ歩くこともできないほどの混雑《こんざつ》ぶりだ。

「あっ、あのお店、ここに写真が出ている店だよ」

おにいちゃんがガイドブックを見ながら、指さす。

「あそこの店は、フランス人が経営《けいえい》するお店です。この表通りは、外国人が経営する店が多いです。その何軒《なんけん》か先に、日本人の和食レストランもあります。そこで、トーンさんたちと待ち合わせです」

チャンティーが走って先に行き、その店の前で手招《てまね》きした。

竹の垣根《かきね》と、入り口にかかったのれんが、一目で和食を思わせる。

のれんには、毛筆の文字で〈竹林〉と書いてあった。

「たけばやし、かな」

未来《みく》がいうと、

「ちくりん、じゃない？」

と麻衣《まい》ちゃん。

チャンティーが「チクリン、チクリン」とうれしそうにいった。

いかにも日本食、という感じのきれいな名前だが、カンボジア人のチャンティーが、「チ」にアクセントをつけて連呼《れんこ》すると、なんだかおもしろい響《ひび》きだった。

「みんなでいっしょに行動しますが、もし迷子《まいご》になったら、ここに来てください。日本語が話せるスタッフがいますからね」

改めてそういわれると、未来《みく》は急に不安になった。

そうだ。迷子《まいご》になっても、ここは未来の言葉は通じない国なのだ。

シナットさんが「いいですね」と、念をおした。

未来は、麻衣《まい》ちゃんの手を握《にぎ》った。麻衣ちゃんも少し心配だったらしい。「そうだね」と、腕《うで》を組んでくれた。

一歩路地に入ると、とたんに間口の狭《せま》い店が軒《のき》を連ね、雑踏《ざっとう》のような市場の風景になる。

「ここのエリアは、左右ずっと、食堂と食料品のお店です。横道をわたって次のエリアに行くと、日用品や民芸品、その次が衣類と、エリアごとにわかれています」

路地裏《ろじうら》のちいさな店には商品があふれ、並《なら》べ切らないものは、通路にはみ出して、置いている。路地が交差するところはちょっとした広場になっていて、そこにも、行商の人たちが、とれたての野菜や魚をところ狭しと置いていた。

狭い通りがさらに狭くなって、まるで、お祭りの出店がどこまでもつづいているようだ。

熱帯の野菜や果物は、彩《いろど》りが豊《ゆた》かで、実も大きい。

トンレサップ湖とトンレサップ川でとれる、見たこともない魚もたくさんあった。

ぎょっとするほど真《ま》っ青《さお》な魚が、一尾《いちび》丸《まる》ごとかごに乗って、青光りする体を、ひくひくさせている。

豚《ぶた》や子羊《こひつじ》、にわとりなど、まだ元の形がわかるような肉の塊《かたまり》が、軒先《のきさき》のはりから、大きな金具でつり下げられていた。

果物を切って試食をすすめるおばさんや、両手で肉のかたまりを持ちあげて、声を張《は》り上げる若者《わかもの》。威勢《いせい》のいいかけ声が飛びかって、まるで、年末大売り出しのようだ。

「毎日、こんなににぎやかなの？」

未来《みく》はシナットさんに聞いた。

「午前中は特にそうですね。暑い国ですし、売れ残ると困《こま》るんです。もちろんいまは冷蔵《れいぞう》庫《こ》もありますが、その日の商品は、その日のうちに売り切ってしまう、というのが店の人の心意気です」

「なんじゃ、これ」

チャンティーと並《なら》んで先を歩いていたおにいちゃんが、急に立ち止まった。

昆虫《こんちゅう》にしか見えないものたちが、黒光りして、大きなざるに山盛《やまも》りになっている。店のおばさんが、「食べてごらん」というように、指でつまんですすめてくるが、どう見ても、おいしいとは思えない。

「コオロギやゲンゴロウを、油であげたものです。昔はこれも、貴重《きちょう》な蛋白源《たんぱくげん》だったんですよ。いまでは、肉や魚も手軽に買えるので、あまり食べませんけどね」

これもあるよ、というように、チャンティーが、長いものを二重の輪にして、串刺《くしざ》しにしたものを見せた。まっ黒に焼かれて、黒光りしている。

「うなぎ?」

「スネーク、ネ」

チャンティーは体をくねくねさせて、楽しそうに笑った。

「ヘビ? ノー、ノー、ノー。それならこっちの方がまだましだ」

おにいちゃんは、小さなバッタのようなものを一つ、指でつまみ、細く突《つ》き出た部分をちぎって、こわごわと口にいれた。

「それはクモです。食用のクモですから、だいじょうぶ。でも、わたしは食べたことはありません。勇気がありますね」

「えー、早くいってよ。みんな食べてるなら、食べなきゃ失礼かと思ったからさー」

「ハハハ、そうですね。でも、日本でも、イナゴとか蜂《はち》の子は食べると聞きましたよ。みんなが食べるわけではなく、たまに、好きな人は食べる、という程度《ていど》です。ビールのつまみにいいそうですよ」

「お母さんもおじさんも、戦争中《せんそうちゅう》は、こういうものを食べて、生きのびたんだね」

おにいちゃんは、少ししんみりしていった。

「思ったほど、まずくないよ」

未来《みく》は、おみやげを買いたかった。お母さんと相談して、自分のために、記念になるものを買おうと決めていた。

友だちに買ったらきりがないので、それはバッサリ、切り捨《す》てた。みんなまとめて、「ごめん!」だ。

麻衣《まい》ちゃんは、きのうから、ポシェットを買いたい、といっていた。

「カンボジアはシルクが有名なんでしょ。シルクのポシェットがほしいんだ」

「高いんじゃない?」

「小さいのでいいの。ポーチでもいいし」

「いいね、わたしもそれにする。おそろいでもいい？」

「いいよ、友だちになったしるしにしよう」

狭《せま》い通路を行ったり来たり。おにいちゃんに「いい加減《かげん》に、決めろよ」といわれながら、迷《まよ》いに迷って決めたのは、肩《かた》から掛《か》けられるようなひもがついた、小さめのポシェットだ。

麻衣《まい》ちゃんは赤むらさき、未来《みく》はオレンジ色にした。波模様《なみもよう》のようなししゅうが美しい。

アクセントに、木で作った象のボタンがついている。

「二ドル五十セントだって。お金ある？」

値札《ねふだ》を見ながら、麻衣ちゃんがいう。

「だいじょうぶ。お母さんに、お小遣《こづか》いもらってきた」

だが、お金を払《はら》おうとバッグに手を入れて、未来はあわてた。

「ない！」

さっきまであったはずの財布《さいふ》が、ないのだ。

「落としたのか」

おにいちゃんがいう。

「そんなことない。落とさないように、って、ななめ掛《が》けのバッグにしてきたもの」

「洋服のポケットは？」

麻衣《まい》ちゃんも心配そうに未来《みく》をみている。

未来はショートパンツのポケットをなんども確《たし》かめた。よく入れるのは右のポケットだが、右と左のポケットを確かめて、お尻《しり》の左右のポケットも確かめた。

バッグの中も何度も見た。だけど、パスポートとハンカチとティッシュはちゃんとあるのに、お財布《さいふ》が、ない。

未来はもう、泣きそうだ。

「盗《ぬす》まれたのか。ぼんやりしてたんじゃないのか」

おにいちゃんがいった。

すると、シナットさんに何があったのか聞いていたチャンティーが、急に、怒《おこ》ったようにしゃべり出した。

「なんて？」

シナットさんが、日本語に訳《やく》していい直す。

「外国からのお客さんの財布《さいふ》を盗《ぬす》む人なんか、この町にはいない、といってます」

なおもチャンティーは、早口でしゃべっている。

「子どもだって、お金がなければ働きます。この国は日本より貧《まず》しいかもしれないけど、だからって、わざわざ旅行に来てくれた人のお金を盗もうなんて、だれも思いません、って」

シナットさんは、「わたしもそう思います」と、つけたした。

「ごめん、だけど……」

そのとき、「あっ！」とおにいちゃんが叫《さけ》んだ。

「さっき、水、買っただろう」

そのとたん、チャンティーが走り出した。

「ミズ、トゥック（水）！」

「チャンティー、……」

シナットさんもめずらしくあわてて、チャンティーの背中《せなか》にむかって、大声で何かいった。

みんなも、チャンティーのあとを追いかけた。でも、狭《せま》い通路にはみ出した商品にぶつかりそうで、まっすぐ走れない。

チャンティーは、右に左によけながら、あっという間に路地を曲がって、姿《すがた》が見えなくなってしまった。

「だいじょうぶ。チャンティーはしっかりした子です。おちついて行きましょう」

シナットさんがいった。

未来《みく》たちが路地を曲がって、チャンティーの姿が見えたときは、もう、チャンティーは、未来の財布《さいふ》を持って、お店の前で手を振《ふ》っていた。

「ダイジョウブ。オッケー、ネ」

チャンティーは、水色と白の水玉模様《もよう》のお財布を、未来の手のひらに乗せた。

水は、ペットボトルで十五セントだった。コインの見分けがつかなくて、手のひらに乗せて確《たし》かめたのだ。そのとき、お財布は、店先の冷蔵庫《れいぞうこ》の上に置いたのだった。

お店の人があとで気がついて、預《あず》かっておいてくれたということだった。

「取りに来なかったら困《こま》ったなあ、といっていたそうですよ」

シナットさんがいった。

未来《みく》はほっとして、少し涙目《なみだめ》になっていった。

「ありがとう。ありがとう、って、なんていったらいい？」

「アリガトウ、ワカルヨ」

チャンティーが笑った。

「オークン、だ。そのくらい、調べて来いよ」

おにいちゃんがいった。それからおにいちゃんは、ガイドブックの「クメール語のあいさつ」のページを開いて、またいった。

「疑《うたが》ったりして、ごめんなさい。ソーム・トーホ（ごめんなさい）」

「ノー、プロブレム、ネ」

チャンティーは、両手をひらひらと振《ふ》った。

9 復興《ふっこう》の町で

シェムリアップ空港から国内便に乗る。

一時間たらずで、プノンペン国際《こくさい》空港に到着《とうちゃく》だ。

「いつもは長距離《ちょうきょり》バスなんだよ。その方がずっと安いからね。でも、八時間くらいかかるし、道路もガタガタで、けっこうゆれるんだ。今回は子どもたちがいるから特別だ」

おじさんがいう。

「ぜいたくだね」

未来《みく》は少し、申《もう》し訳《わけ》ない気持ちになった。

「確《たし》かにぜいたくだ。アンコール遺跡《いせき》を見に来る観光客も、プノンペンまで来ないで帰る人も多いんだ。シェムリアップに住んでいる人だって、プノンペンには来たことがないっていう人、多いと思うよ。でも、今回はいいさ。お母さんたちの生まれた町を、どうしても見てほしかったからね」

そういえばチャンティーも、シェムリアップ以外には、行ったことがない、といっていた。

そんなチャンティーとシナットさんとは、シェムリアップ空港でわかれて、今は、未来《みく》たち家族四人と、麻衣《まい》ちゃんの家族三人だけだ。

「シナットさん、怒《おこ》ってるの？」

おにいちゃんが心配した。

「いやあ、シナットも夏休みだ。前からそういう予定だったから、心配はいらない。二、三日したら帰ってくるよ」

未来もおにいちゃんも、昼間の財布事件《さいふじけん》のことが、引っかかっていた。

お母さんたちと〈竹林《ちくりん》〉で合流して、未来が財布をなくしたことを話した。

「未来のやつ、うっかりしすぎなんだよ。盗《ぬす》まれたかと思ったよ」

おにいちゃんが軽い口調で話すと、トーンおじさんは、きゅうに厳《きび》しい顔つきになった。

それから、シナットさんとチャンティーにむかって、深々と頭を下げた。

「申《もう》し訳《わけ》なかった」

「見つかったんですから、よかったです。気にしないでください」

シナットさんは笑った。

チャンティーも、「ノー、プロブレム、ネ」と笑った。

それでもおじさんは、しばらく頭をあげなかった。

「この国では、家族で外国旅行できる子どもなんて、めったにいないんだ。マーケットで自分の財布《さいふ》を出して、おみやげを買える子どももいない。平和な時代がつづいていれば、この国の子どもたちもそれができたかもしれない。だけど、戦争《せんそう》がすべてを壊《こわ》してしまったんだ。十年や二十年じゃ、復興《ふっこう》はできないんだよ。経済的《けいざいてき》に少し先に進んだ国の人間が、遅《おく》れてしまった国の人たちをそんなふうに見ていたんじゃ、いつまでたっても世界は仲良くなれないいな」

おじさんは、今までになく厳しい口調でそういって、おにいちゃんと未来《みく》に険《けわ》しい目を向けた。

むかし、おじさんとお母さんが未来《みく》とおにいちゃんくらいのとき、この国で言葉につくせないほどの思いをした。

悲しいことやつらいことがくりかえし襲《おそ》って来る毎日だったが、何より悲しかったのは、理由もないまま疑《うたが》われ、罪《つみ》をなすりつけられたことだった。

それでも、生きようと必死でがんばって来たたった一つの理由は、信じてくれる人がいたからだ。

国をだめにするのは、お金持ちでも貧《まず》しい人でもなく、人を信じられない人間たちの、いやしい心ではないのか。人をさげすんだり、疑う気持ちがどんどん膨《ふく》らんでいったとき、差別や争いが生まれるのではないか。

「何のために、わざわざカンボジアまで来たと思ってるんだ。この五日間、いったい何を見てきたんだ」

これまでに、見たこともない、おじさんの目だった。

お母さんも、鋭《するど》いまなざしで、未来とおにいちゃんを見つめている。

その目の奥《おく》に、深い悲しみと戸惑《とまど》いがひそんでいるのに気がついたとき、未来《みく》のまぶたはきゅうにふくれあがって、大粒《おおつぶ》の涙《なみだ》があふれた。

おにいちゃんも声を震《ふる》わせて、チャンティーの手を取った。

「ソーム・トーホ。本当に、ごめん……」

「ノー、プロブレム……」

チャンティーは少し困《こま》ったように、みんなの様子を見ている。

シナットさんは、

「わたしたちも同罪《どうざい》です」

といった。

「わたしの両親は、この近くの農村の出身です。子ども時代に、トーンさんたちのような子どもが、町からたくさんきた、といっていました。あまり話したがりませんが、守ってあげられなかった、といっていたことがあります。いじめたり、つらく当たったことがあったのかもしれません」

そういって、シナットさんも頭を下げた。

そのあと、シナットさんとチャンティーは、空港から一時間ほどという、両親がすむ家に帰っていったのだ。

プノンペンは、シェムリアップとは比《くら》べものにならないほどにぎやかで、近代的な町だった。

コンクリート建築《けんちく》のどっしりした商店が立ち並《なら》び、大型ショッピングモールもできている。通りを行きかうトゥクトゥクやバイクはカラフルに塗装《とそう》され、金モールをつけたり、毛足の長いじゅうたんを敷《し》いた豪華《ごうか》なものまである。

夕暮《ゆうぐ》れどきには、街灯《がいとう》や商店のネオンサインが、町を照らした。

町を南北に貫《つらぬ》くメインストリートは、モニボン通りだ。

通りの両側には、ホテルやレストラン、大型の商店などが立ち並び、いきかう人も車も、こぎれいで生き生きと、活気にみちている。道幅《みちはば》も広く整備《せいび》されて、ひっきりなしに流れる車とバイクの喧騒《けんそう》は、日本の都市の様子と、さほど変わらない。

「カンボジアは昔、フランスの支配《しはい》を受けていた時代もあるんだ。おじさんたちが生まれるもっと前、未来《みく》たちのおじいさんやおばあさんのころだね。そのころできた都がプノンペンだよ」

当時のプノンペンは、水と緑が豊《ゆた》かで、西洋風の建物が並《なら》ぶ美しい町だった。

「〝東洋のパリ〟といわれて、アジアでも有数の大都会だったんだ。でも、戦争《せんそう》はそれを破壊《はかい》した。ポルポトは住民をすべて追い出して〝東洋のパリ〟を独占《どくせん》しようとしたんだ」

戦後、世界各国の援助《えんじょ》を受けて、町は大きく様変わりし、発展《はってん》をとげている。

街並《まちな》みは大きく変わっているはずなのに、お母さんは「昔とおなじ……」とつぶやいた。

「おなじなの？　変わってるんじゃないの？」

未来がいうと、

「すごく変わってるわ。人も車も増《ふ》えたし、建物もきれいになって、どこにいるのかわからないくらい。カエンジュの並木《なみき》もずいぶんへってしまったわ。でも、青い空と街《まち》のにおいは、昔と全然変わらない」

「マオランはこの町を出てから、三十年以上、帰ってきたことがなかったんだものね。ぼくも、十年くらい前にはじめて帰ってきたときは、おなじ気持ちになったよ」

トーンおじさんはそういって、お母さんの肩《かた》を軽くたたいた。

「あの年は、カエンジュが異様《いよう》なほど赤く、よく咲《さ》いた年だったわ。小さかったわたしが見上げると、カエンジュの花で、空が燃《も》えているようだった」

「あのときのカエンジュは、みんなが流した血の色だったんだ」

高木《こうぼく》で、一年中、濃《こ》い緑の葉をつけるカエンジュは、この国のいたるところにある。花の季節になると、真《ま》っ赤《か》な花がこぼれんばかりに咲きほこり、空を赤く染《そ》めた。

旅も今日で終わりだ。

大都市プノンペンのにぎわいに触《ふ》れ、市内観光をして、夕方の飛行機で日本に帰る予定だ。だけど、

「つらいかもしれないけど、どうしても見ておいてほしい」

そうトーンおじさんがいって向かったのは、町の中心部を少し南に下ったところにある、トゥール・スレン博物館だった。

〝虐殺犯罪博物館《ぎゃくさつはんざい》〟という、物々しい別名がつけられている。

「ポルポト政権《せいけん》時代の刑務所《けいむしょ》だったところだよ。罪《つみ》もなくとらえられたおよそ二万の人た

ちが、ここで厳《きび》しい尋問《じんもん》と拷問《ごうもん》を受けて、命をおとしていったんだ。もとは高校の校舎《こうしゃ》だったのを刑務所にしたものだが、今はその狂《くる》った歴史を伝えるため、負の遺産《いさん》として、そのまま保存《ほぞん》されている」

拷問に使われた機具や、鎖《くさり》でつながれたベッドなどがそのまま置かれ、どのように使われたかの説明が、図入りで紹介《しょうかい》されている。床《ゆか》のあちこちに残る黒々とした大きなシミは、被害者《ひがいしゃ》が流した血の跡《あと》だという。

別の部屋には、殺された人たちの頭《ず》がい骨《こつ》が、むき出しのまま山積みになって、並《なら》べられている。

また別の部屋には、犠牲者《ぎせいしゃ》の写真がずらりと貼《は》りだされていた。

囚人《しゅうじん》番号を首に下げ、うつろな目で正面を見つめている人びと。少女や、おさない子どもたちの姿《すがた》もある。目隠《めかく》しをされたまま、両手を後ろ手に縛《しば》られた人。首に縄《なわ》を巻《ま》きつけられた人。拷問を受けている現場《げんば》の写真もある。

犠牲者の顔は苦痛《くつう》にゆがみ、亡《な》くなった直後と思われる写真まであった。

犠牲者の一部、と説明書きがあるが、その一部で、教室の広い壁面《へきめん》が埋《う》めつくされている。

解放《かいほう》された直後に写された写真には、ベッドや拷問《ごうもん》機具に、赤黒く変色した体で、まだ縛《しば》りつけられている犠牲者《ぎせいしゃ》の姿《すがた》もあった。ポルポト軍の敗北《はいぼく》が決まったとたん、遺体《いたい》を埋葬《まいそう》するまもなく、慌《あわ》てて逃《に》げ去ったことがわかる。

「ここで拷問や処刑《しょけい》を担当《たんとう》させられていたのは、多くが少年兵だったそうだよ。戦争《せんそう》が終わると、彼《かれ》らはみんな責任《せきにん》を問われて処刑された。彼らもまた、内戦の被害者《ひがいしゃ》だったんだ」

これまで、戦争被害者として、まとめて思いを寄《よ》せてきた多くの人たちが、一人ひとりの顔写真によって、きゅうに生々しく現実味《げんじつみ》をおびてくる。

未来《みく》は、何度も足を止めて、うつむいた。

お母さんが歩調を合わせるように、腕《うで》を組んでくれた。

少し前を歩いていた麻衣《まい》ちゃんの家族も、お母さんを守るように、三人で腕を組んだまま歩いている。

ふいに、麻衣ちゃんのお母さんの足が止まった。と思ったら、その場にしゃがみ込《こ》んで、動けなくなってしまった。

未来《みく》は声をかけようと思ったが、お母さんに止められた。

しばらくすると、麻衣《まい》ちゃんのお母さんはよろける足で立ち上がり、麻衣ちゃんとお父さんに支《ささ》えられて、出口に向かった。おじさんが駆《か》けよって、麻衣ちゃんのお父さんと何か言葉を交《か》わした。

ここで殺された人たちは、十キロほど離《はな》れた農村に運ばれ、畑や空き地に大きな穴《あな》を掘《ほ》って、投《な》げ捨《す》てるようにして埋葬《まいそう》されたということだ。その埋葬先は百か所以上におよび、シェムリアップと同じように、キリングフィールドと呼《よ》ばれている。

一部は戦後《せんご》、掘《ほ》り起《お》こされ、大きなくぼみを残したまま草地になっている。だが、遺体《いたい》の収集《しゅうしゅう》もされないまま、農地にすることもできず、手つかずで放置されている場所も少なくない。

この国には、いくつものキリングフィールドが、いまもまだ残されているのだ。

博物館を出て空港に向かう途中《とちゅう》、未来たちは、お母さんとトーンおじさんの生まれ育った家を見に行った。

「もうとっくに、なくなっているよ」

トーンおじさんはそういったが、お母さんはそれでもいいから、一目見たい、といった。

未来《みく》は、麻衣《まい》ちゃんのお母さんのことが気になったが、聞くのをためらっていると、おじさんがいった。

「麻衣ちゃんたちのことならだいじょうぶだ。残る数時間は別行動にしましょう、といったんだ。空港で待ち合わせて、いっしょに日本に帰ろうってね」

車で空港に向かう道を、途中《とちゅう》で路地に入り、町のにぎわいが消えたあたりに、その場所はあった。

かつての家は取り壊《こわ》されて、アパートのような二階建ての建物が立っている。

「これ、大きくなったわ」

お母さんは、敷地《しきち》の角に立っているカエンジュの大木を、懐《なつ》かしそうに見上げた。濃《こ》い緑のしげみの中に、真《ま》っ赤《か》な花が二つ三つ、開いていた。

空港につくと、ロビーのベンチで、麻衣ちゃん親子が待っていた。

未来《みく》は駆《か》けよって、麻衣《まい》ちゃんに声をかけた。

「よかった、会えて。おばさんは、だいじょうぶ？」

「ごめんね、未来ちゃん。昔のことでよく覚えていないんだけど、知ってる人の写真があったような気がしたの」

麻衣ちゃんのお母さんがいうと、お父さんも立ち上がって、みんなに頭を下げた。

「みなさん、ご心配おかけしました。妻《つま》は、孤児《こじ》になって一人っきりで日本に行ってから、今回、初めてのカンボジアだったんです。いろいろ情報《じょうほう》は集めて、覚悟《かくご》もしてきたんですが、知り合いの写真を見つけたらしくて」

未来のお母さんとトーンおじさんは、家族とともに北部の農村に移動《いどう》した。そこで離《はな》ればなれになり、行方《ゆくえ》がわからなくなった。

だが、麻衣ちゃんのお母さんはプノンペンから出る途中《とちゅう》で、家族とはぐれてしまった。この町に、家族や知人の手がかりが残っている可能性《かのうせい》は、未来のお母さんより高いのかもしれない。

「出発は夜だから、軽く夕飯をすませておこう」

おじさんは、空港の二階にあるラウンジに、みんなを誘《さそ》った。

「あんまり食欲《しょくよく》ないいな」

未来《みく》がいうと、おじさんは「まあね」と、あいまいな返事をした。

「でも、人は食べなくちゃいけない。ちゃんと食べて、ちゃんと生きないとね」

麻衣《まい》ちゃんのお父さんが、ガッツポーズをした。

「そうそう、宮沢《みやざわ》さんもいい旅したみたいですね。いろんな情報満載《じょうほうまんさい》の旅だったけど、そのカンボジアにもさよならだ。そう簡単《かんたん》には来られないから、次は子どもたちが大人になってから、自分のお金で来てほしいな」

プノンペン国際《こくさい》空港から、ベトナムのホーチミン空港へ。そこから飛行機を乗り換《か》えて、深夜便の成田《なりた》行きで日本に帰る。

成田に到着《とうちゃく》するのは、明日の早朝だ。

「値段《ねだん》の安いチケットを探《さが》すと、深夜便になっちゃうんですよ」

おじさんは少し申《もう》し訳《わけ》なさそうに、みんなにいい訳した。

「いいんですよ。そのほうが助かります。妻《つま》と麻衣のために、どうしても一度は来ておかないと、と思ったんですが、正直いうと、わたしの一か月分の給料、ふっとんじゃいましたから」

麻衣《まい》ちゃんのお父さんは、アハハと豪快《ごうかい》に笑った。

「もうー、お父さんは」

麻衣ちゃんは、勢《いきお》いよく、お父さんの背中《せなか》をはたいた。

「おっ」

アイパッドで、飛行機の運航状況《じょうきょう》を確認《かくにん》していたトーンおじさんが、小さく叫《さけ》んだ。

「シナットからメールが来てるよ」

――カンボジアは楽しんでもらえましたか。いろいろあったけど、わたし達《たち》も楽しかったです。そろそろ空港についた頃《ころ》でしょうか。今日はよく晴れたから、二階のラウンジから夕焼けが見られると思います。明日の朝は、飛行機の窓《まど》から、日の出が見られるかもしれません。東京でまた会いましょう。

「チャンティーが、和平《わへい》くんに手紙を書きたいといってるけど、いいですかって。よかったら住所を教えてほしい、っていってるよ」

おにいちゃんは「ヒャッホー」と両手をあげて、その場でターンした。

「いいに決まってるよ。チャンティー、怒《おこ》ってないんだ」

日がだいぶ傾《かたむ》いてきた。

西の空には雲がたなびいている。

空と雲の境目《さかいめ》から、赤むらさき色のグラデーションがはじまっていた。

雲の切れ間から、濃《こ》いオレンジ色の太陽が、少しずつ、少しずつ、地平線にむかって降《お》りていくのがわかる。

雲が切れて、オレンジの陽光が放射状《ほうしゃじょう》の筋《すじ》となって、西の空いっぱいに広がった。空一面に、大きな花火が咲《さ》いたようだ。

「空が燃《も》えてる」

未来《みく》はつぶやいた。

アンコールワットの夕焼けとはまた別の、鮮《あざ》やかで鋭《するど》い陽光が、みんなのほほを染《そ》めていた。

この作品はフィクションです。執筆にあたり、久郷ポンナレットさんには一方ならぬご協力を賜りました。この場を借りて、厚く御礼申し上げます。

茂木ちあき

＊主な参考文献

『色のない空―虐殺と差別を超えて』（久郷ポンナレット、春秋社）
『虹色の空―〈カンボジア虐殺〉を越えて１９７５―２００９』（久郷ポンナレット、春秋社）
『カンボジアの戦慄』（細川美智子・井川一久、朝日新聞社）
『私と日本―在日インドシナ難民奨学金給付学生文集』（難民を助ける会）
『カンボジアの大地に生きて』（ミンフォン・ホー作・もりうちすみこ訳、さ・え・ら書房）

茂木《もてぎ》ちあき

千葉県生まれ。主な著書に『清政――絵師になりたかった少年』『いま、地球の子どもたちは――2015年への伝言』（全４巻、共著）（ともに新日本出版社）、『空にむかってともだち宣言』（国土社）などがある。日本児童文学者協会会員。

君野可代子《きみのかよこ》

1967年、神奈川県生まれ。セツモードセミナー、MJイラストレーションズ（７期）卒業。『八月の光――失われた声に耳をすませて』（小学館）、『プラネット・オルゴール』（講談社）他、装画・挿画の仕事多数。

お母《かあ》さんの生《う》まれた国《くに》

2017年12月20日　初　版　　NDC913 172P 21cm

作　者　茂木ちあき
画　家　君野可代子
発行者　田所　稔
発行所　株式会社新日本出版社
〒151-0051　東京都渋谷区千駄ヶ谷4-25-6
営業03(3423)8402
編集03(3423)9323
info@shinnihon-net.co.jp
www.shinnihon-net.co.jp
振替　00130-0-13681

印　刷　光陽メディア　　製　本　小高製本

落丁・乱丁がありましたらおとりかえいたします。

ISBN978-4-406-06185-8　C8093　Printed in Japan

米作りを学ぶ
小学生たちを描く
全３巻

堀米 薫 作　黒須高嶺 絵

あぐり☆サイエンスクラブ：春
まさかの田んぼクラブ!?

学は、「あぐり☆サイエンスクラブ員募集」のチラシをひろう。「野外活動。合宿あり」——おもしろいことが待っていそうな予感！

あぐり☆サイエンスクラブ：夏
夏合宿が待っている！

学と雄成、奈々は「あぐり☆サイエンスクラブ」の仲間だ。学たちは種まきから田植え、草取りとずっと稲の成長を見守ってきた——。

あぐり☆サイエンスクラブ：秋と冬、その先に

春の田植え以来、稲の成長を見守ってきた「あぐり☆サイエンスクラブ」。いよいよ稲刈りの時を迎える。学たちは手刈りに挑戦！

各巻定価：本体 1400 円＋税